AF209495

LA VIE DES BÊTES

Études et nouvelles

Louis Pergaud

Copyright pour le texte et la couverture © 2023 Culturea
Edition : Culturea (culurea.fr), 34 Hérault
Contact : infos@culturea.fr
Impression : BOD, Norderstedt (Allemagne)
ISBN : 9791041837854
Date de publication : juillet 2023
Mise en page et maquettage : https://reedsy.com/
Cet ouvrage a été composé avec la police Bauer Bodoni
Tous droits réservés pour tous pays.

Le lièvre fantôme

Il passait pourtant quelque part, à moins qu'il ne fondît et s'évanouît comme une poudrée de neige au soleil du printemps, ce roi des capucins du Fays, ce maître oreillard qui savait tous les tours, ce prince des bouquins qui roulait depuis des saisons et des saisons des générations de chiens.

Cette fois, il avait à ses trousses Miraut, le plus fameux chien de tout le canton, et Lisée, le braco, un riche fusil, qui prenait bien des permis mais chassait quand même en tout temps, et ces deux gaillards-là allaient lui donner du fil à retordre.

La lutte commença un matin de novembre, un beau matin givré que la terre sonnait sous le talon, où le limier trouva son fret à cinquante sauts de son gîte, et, sans perdre un vain temps, comme les camarades moins expérimentés, à « ravauder » sur le pâturage, vint, après quelques coupes savantes, lui fourrer sans façon le nez au derrière.

Roussard lièvre comprit qu'il avait affaire à un maître et qu'il fallait gagner au pied. Alors, bondissant de son gîte, il fila comme un trait, allongé de toute sa longueur, ventre à terre, yeux tout blancs, oreilles rabattues, moustaches en avant, tandis que la bordée coutumière de coups de gueule suivait son déboulé.

Miraut avait beau avoir bon jarret, il ne put longtemps soutenir la course à vue, d'autant que Roussard, qui connaissait l'homme et n'ignorait pas la signification des coups de fusil, avait grand soin de profiter, pour se défiler, de tous les abris et de tous les couverts utilisables.

Au bout de cinq minutes de ce train d'enfer, l'aboi du chien était à un kilomètre derrière lui… il avait le temps.

Le soleil se levait. Sur l'épaule du crêt chenu que dessine le Gep, où quelques vieux arbres, par endroits, dressent leurs ramures grêles, ses rayons rouges passaient, implacablement rectilignes, semblant trancher comme des faux sanglantes les moissons de pénombre massées dans la gorge des combes, ou encore, douaniers vigilants du jour, taraudaient de leurs sondes d'or les forêts captives de la terre, comme s'ils eussent voulu en expulser violemment la vénéneuse contrebande de mystère et de frayeur que la nuit essaie, avec chaque crépuscule, d'introduire furtivement sur le monde.

Au bout des glaives des grandes herbes, aux pointes des piques des arbrisseaux, son feu émoussait sans bruit la trempe fragile d'acier diamanté que l'humidité et le gel avaient fixée de concert, tandis que sous les pattes des deux coureurs, une bande d'un vert plus cru, comme approfondie par son regard brûlant, marquait leur sillage dans la grisaille argentée des gazons courts.

Ni l'un ni l'autre ne s'en apercevait. Mais le vieux bouquin, tout en enchevêtrant sa voie de pointes et de crochets, réfléchissait à ce qu'il devait faire.

Il ne connaissait point Miraut ; cependant, au peu de temps qu'il avait mis du premier coup de gueule au dénichage du lancer, il avait pu juger que c'était un adversaire de taille et que, par conséquent, le poilu bigarré qui l'accompagnait était fort à craindre lui aussi. Toutefois, comme ce brûleur de poudre-là devait être nouveau au pays, il décida en son for intérieur qu'il pouvait, sans hésiter, employer la vieille tactique.

C'est pourquoi, après un détour raisonnable, suffisamment long pour prouver sa vigueur, il redescendit l'un des chemins qui menaient au bas du Fays, à la croisée des voies où ces imbéciles d'humains l'attendaient régulièrement, mais où il se gardait bien de passer.

Dès qu'il arriva à deux portées de fusil de ce poste dangereux, il s'arrêta, s'assit sur son derrière, tourna ses oreilles vers les quatre vents, resauta au bois, fila vers le haut des jeunes coupes et disparut.

Quand Miraut, qui n'avait point perdu de temps aux doublés de Roussard, arriva quelques instants après, qu'il eut repris la piste nouvelle et l'eut suivie jusqu'au haut des jeunes coupes, hors du fossé du bois, il trouva quelques pointes qu'il ne suivit pas, selon sa vieille tactique, mais il tourna autour de l'endroit pour retrouver la bonne piste et ne trouva rien.

Il raccourcit son cercle… rien encore ; il le doubla, toujours rien ; il suivit l'une après l'autre et minutieusement toutes les pointes… plus de fret.

Furieux alors, Miraut jappa, gueula, hurla à pleine gorge contre cette sale bête, et Lisée, sans tarder, vint le rejoindre, ahuri de voir pour la première fois en défaut son compagnon, cette maîtresse bête, ce nez inroulable, ce roublard des roublards.

Il n'y avait point de buissons dans la plaine, et la coupe, récemment nettoyée par les bûcherons, était nette comme un champ d'éteules.

Le chien et l'homme longèrent des deux côtés le mur de bois, pierre à pierre, abri par abri ; ils visitèrent le pied de toutes les souches et de tous les arbres qui restaient : baliveaux, chablis, modernes, anciens, rien, rien, rien !

Ils s'en allèrent bredouilles ; cependant cela ne devait pas se passer ainsi.

Deux jours après, Miraut vint relancer l'oreillard que Lisée cette fois attendit sur le chemin où il était passé le premier jour, mais Roussard en prit un autre et vint se faire perdre tout comme la première fois, au même endroit. Deux jours plus tard, cela recommença encore. Et ainsi tout le mois de novembre.

À la fin, Lisée, dès le lancer, monta à ce poste extraordinaire, afin d'en avoir le cœur net. Ce jour-là, Roussard, qui était assez vieux pour ne pas se fier seulement à son oreille, mais qui savait aussi voir et renifler, approcha bien de la coupe, mais n'y entra point et s'en fut se faire perdre loin, loin, bien loin…

C'était tout de même rudement vexant.

Et Miraut et Lisée, toute la saison, s'acharnèrent à poursuivre ce lièvre fantôme, ce capucin sorcier que personne n'avait jamais pu joindre ni voir, qui crevait les chiens les plus forts et roulait les meilleurs.

Mais chaque fois que Lisée montait en haut de la coupe, Roussard n'y venait pas, et chaque fois qu'il se postait ailleurs, Miraut, hurlant de rage, fou, l'œil hors de l'orbite, le poil hérissé, venait le perdre là et s'en retournait la tête basse et la queue entre les jambes, malade de dépit et de rage vers son maître, qui sacrait bien toute sa gorge comme un braconnier qu'il était, mais n'y pouvait rien.

Enfin, un jour de février, Lisée, posté à deux cents pas de l'endroit maudit et caché derrière un gros chêne, eut la clef de l'énigme. Le cœur tapant d'émotion, il vit Roussard sauter du bois, faire ses doublés et ses pointes, revenir à son centre d'opération et, d'un seul saut, bondir en l'air d'un élan fou, comme s'il escaladait le ciel pour retomber… Ah ça ! la coupe était nette ! où donc était-il retombé ? Lisée, de derrière son arbre, écarquillait ses quinquets. Il ne vit rien, rien, plus rien du tout ! Roussard avait disparu.

– Celle-là, par exemple, elle était forte !

Miraut, en râlant de rage, car ce n'étaient plus des abois qu'il poussait, arriva juste pour se trouver nez à nez avec son maître. Celui-ci, sûr ou presque de n'avoir pas eu la berlue et blême d'émoi, regardait de nouveau par tout le sol et examinait méthodiquement chaque pouce carré du terrain où Roussard eût pu se trouver.

Ce devait être au pied de cette souche. Mais non, rien. Il fallait qu'il se fût envolé vers le ciel. Lisée trembla.

Ses regards, instinctivement, montèrent pour interroger l'azur et… ce qu'il vit :

Au sommet de la vieille souche pourrie, dédaignée par les bûcherons, à quatre bons pieds au-dessus du sol, entre quelques rejets gris comme le dos du capucin qui se confondait entièrement avec eux, Roussard lièvre s'aplatissait, immobile, les oreilles rabattues, sans souffle, n'émettant aucune odeur, et aussi souche que la souche elle-même.

Que de fois le braconnier, son fusil à la main, avait passé à un pas de lui, inspectant le pied de la souche, sans songer à regarder dessus ; on dit tant que les lièvres ne font pas leur nid sur les saules !

– Vous croyez peut-être que je l'ai tué, fit Lisée à quatre ou cinq camarades à qui il narrait ses malheurs ! Voilà bien ma veine ! Ce jour-là, je n'avais justement pas pris mon fusil, car la chasse au lièvre était fermée, et le père Martet, le brigadier forestier, qui ne badine pas là-dessus, faisait sa tournée aux alentours. Alors, comme je ramassais un rondin pour l'envoyer sur le râble de l'oreillard, lui qui n'avait jamais bougé les fois d'avant… tout d'un coup, avant que j'aie seulement levé le bras… frrt, se mit à détaler avec Miraut à ses trousses, et jamais, vous m'entendez bien, jamais il n'est revenu là et on ne l'a jamais revu. Et vous me direz encore qu'il n'était pas sorcier, ce coquin-là !

Un drame dans la haie

La grande haie de la Combe était morne depuis des jours et des jours ; nul chant, nul pépiement, nul froufrou d'aile n'émouvaient avec le sang des aurores ses loges de verdure, ses corridors feuillus, ses terrasses suspendues ou flottantes que parfumaient comme tous les ans les mêmes fleurs du bel été.

Il en était ainsi depuis de longs soleils déjà et le petit peuple ailé qui avait voulu cet isolement et réalisé cet abandon savait qu'il en serait ainsi longtemps encore. L'hiver seul, en coupant de ses ciseaux de gel les frondaisons maudites, pouvait exorciser le charme maléfique planant sur cette solitude, et endormir et abolir les ressouvenances au cœur des oiseaux.

La grande haie était muette. Le petit peuple s'était tu et avait émigré.

Et pourtant quel printemps riche de concerts elle avait eu ! Un printemps de chansons à rendre jaloux les lourds massifs de la Combe et les vieilles assemblées de pommiers des vergers.

Seuls, dans les rez-de-chaussée et les sous-sols humides, les citoyens silencieux de la grande cité continuaient leur vie comme avant, insoucieux, semblait-il, de l'exode brusque de leurs rapides et bruyants petits voisins des étages supérieurs.

Successivement, au fur et à mesure que les petits étaient devenus forts et avaient commencé à se confier pour un vol très court à leurs faibles ailes, les nitées, jour par jour, une à une avaient fui vers les enclos des vergers proches ou les berceaux feuillus des arbres hospitaliers.

Les familles de mésanges et de fauvettes, celle du chardonneret du pommier sauvage et jusqu'à la nitée du petit troglodyte du gros tronc pourri s'écaillant sous les mousses, toutes avaient fui épouvantées de l'assassinat commis par Maubec, la pie-grièche, horrifiées par la vue de la petite victime déchiquetée et saignante à son poteau d'épine.

C'était pourtant une cité tranquille que la Grande Haie. Les éperviers et les buses ne s'y aventuraient plus guère depuis le jour où l'homme ami, porteur du fusil, ce tonnerre éclatant et terrible, avait fait siffler la colère de ses plombs par les éclaircies de rameaux, hachant les branches et perçant les feuilles. Des gîtes sombres où ils s'étaient tapis, les passereaux étonnés avaient vu la vieille buse chasseresse au bec féroce, dont les incursions barbares semaient le deuil dans leur canton, plonger tout à coup en avant la tête sans force et les pattes mortes. Et les premiers voisins, dont tout le corps n'était que frisson, l'avaient vue, inerte, l'œil trouble, se laisser saisir par la main puissante du terrible allié et disparaître dans les profondeurs mystérieuses d'un sac s'ouvrant comme une gueule. Nul n'était à l'abri de ses coups, pas plus Piétors le lézard que Rana la grenouille ou que Froidvif, l'orvet timide et fragile qui fuyait devant la fourche et le râteau des faneurs en profitant des tunnels de mousse fraîche et de l'auvent humide des andains mal écartés.

Mais elle était morte vraiment, et, depuis cette vesprée tiède de fin d'hiver, la Grande Haie avait joui de son renom de sécurité, et ses habitants avaient vécu dans la quiétude leurs journées de travail et de chansons qui se suivaient monotonement comme les maillons d'une chaîne de joie.

C'était un matin de juin.

La haie froufroutante et joyeuse était sortie de son sommeil léger avec le frisson de la brise matinale qui essuyait de son écharpe odorante et tiède les perles du brouillard de la nuit d'été.

Les pinsons, dans les arbres du village ou aux taillis des lisières, chantaient déjà à plein gosier quand la lumière levante dessina de sa main de blancheur les ondulations gracieuses de l'océan d'herbages des prairies.

Les crapauds éteignaient dans leur gorge les veilleuses de cristal de leurs chansons et le concert des grenouilles vertes dans la mare de la Combe s'arrêtait et reprenait pour s'arrêter encore selon le caprice des chanteuses à robe verte, dont les yeux innocents dans leur cerne d'or adoraient le soleil levant.

Une à une, par petits sauts qui faisaient des ravages dans les baliveaux herbus des flouves et trembler comme des feuilles de bouleau les grelots des brizes, les grosses grenouilles rousses rentraient dans leur sous-sol d'été, dans leurs loges fraîches, après avoir chassé toute la nuit les limaces et les chenilles. Écartant les grandes feuilles raides, elles se glissaient par d'étroites coulées, de secrets corridors jusque sous les souches séculaires de la vieille haie, et abritées sous des toitures légères et fraîches de feuilles, parmi l'humidité propice de la terre, elles digéraient en paix et se reposaient des fatigues de la nuit.

Les lézards et les orvets, eux, sortaient lentement, engourdis encore de rosée, et la tête levée, interrogeaient la lumière et humaient l'air pour juger du beau jour qui leur était accordé. De petites musaraignes agitaient de crépitements légers et comme feutrés les branchettes de leurs trous. La vipère Maledent déroulait ses anneaux au soleil et au fur et à mesure que les rayons chauds glissaient sur sa chemise ocellée, les frétillements de son fouet devenaient plus vifs et plus souples comme une chaîne rouillée dont les maillons par degrés s'imbibent d'une graisse lubrifiante.

Dans les étages supérieurs, secs et chauds, dans les alcôves de feuillage, sous les poutrelles vivantes des rameaux, la vie s'agitait et grouillait, les nids s'éveillaient. Les mâles, perchés devant la couche de la famille que la mère couvrait de ses ailes étendues, chantaient leur hymne à l'aurore, se secouaient de la rosée nocturne, lissaient leurs plumes, s'épouillaient, se répondaient, voletaient, sautillant ou planant, joyeux du jour revenu et de la chaleur vivifiante.

Bientôt, sous les ailes engourdies, les petits réveillés pépiotèrent aussi, jetant leur note monotone et criarde, leur chant unique, le cri de faim, et comme le premier rayon chaud tombait sur ses ailes mouillées, Siffleclair, la mère fauvette, se soulevait de son nid et rejoignait son mâle sur la branche fléchissante où il faisait sa toilette matinale.

Un instant leurs pépiements se mêlèrent en un gazouillis tendre, puis le père, paré pour le jour et pour la chasse, s'enleva en l'air et partit d'un vol rapide et droit vers les buissons bas de la plaine et par les taillis d'herbages non fauchés encore pour y commencer sa chasse de moucherons et de chenilles. La femelle, à son tour, après avoir bien regardé son nid, se mit à chasser dans les rameaux des environs et sur les gazons proches, apeurée encore du noir et de la nuit et craignant de laisser sa nitée impuissante sous la seule protection du soleil, de sa lumière et de sa chaleur.

Peu à peu, rassurée, elle élargit le cercle de son canton, soucieuse de donner aux petits la pâture qu'ils réclamaient sans cesse.

Tour à tour, à tire-d'aile, rasant les buissons ou le sol pour se dissimuler quand un danger ou une surprise étaient à craindre, ils arrivaient à leur buisson vert échevelé de feuilles frissonnantes, s'enlevaient ou plongeaient selon leur position, planaient un instant sur la famille piaillante, et distribuaient ensuite dans ces becs large ouverts, ces petits entonnoirs jaunes palpitants et tendus vers le froufroutement de leur vol, la gibecière de chenilles, de mouches et de vermisseaux conquis à coups de bec parmi les cantons giboyeux de la plaine.

Et puis ils repartaient aussitôt, car les jabots des petits sont aussitôt vidés que remplis et les gésiers voraces réclament continuellement.

Ainsi, toute la matinée, dans la Grande Haie, sous le soleil qui rapetissait et semblait dévorer peu à peu l'ombre des arbres, ce ne fut que pépiements, rappels et chasse et chants de fête.

Puis, midi versa brutalement dans le calme plat ses cascades de chaleur et le silence lentement s'empara de la Grande Haie, assommée, engourdie, immobile sous les ondes d'air vibrantes qui couraient tout le long de son arête verte, comme une bande d'un feu ardent presque invisible et muet.

Les oiseaux, accablés, dormaient sous leurs rameaux ; les grenouilles des sous-sols se terraient plus profondément ; Maledent, ivre, savourait ce bain voluptueux, et les lézards des vieilles souches, aventurés par la plaine, semblaient noyés dans la verdure.

Enfin la vie reprit avec le premier frisson des feuilles, et des chants de nouveau s'élevèrent, et des essors et des envols animèrent les étages feuillus de cette grande caserne verte.

Tous les oiseaux, rassurés et gais maintenant, sous la protection du soleil s'en allaient au loin donner la chasse aux chenilles, et, sitôt débarrassés de leur gibier, repartaient de plus belle. Et nul, parmi tous ces chasseurs intrépides, préoccupés de la pâtée quotidienne, n'avait vu, volant d'arbre en arbre, de buisson en buisson, rasant le sol dans les endroits découverts, Maubec, la pie-grièche, la vagabonde, la rôdeuse du canton, en quête d'assassinats et de mauvais coups, les yeux toujours aux aguets, le bec mauvais, le col inquiet, qui se rapprochait de leur cité.

La maraudeuse, ce matin-là, n'avait trouvé encore que des vermisseaux et des mouches, et son gésier gourmand de mangeuse de chair réclamait quelque nourriture plus substantielle ; aussi rôdait-elle de-ci de-là par les arbres et les buissons, cherchant dans les berceaux de feuilles, dans les vertes alcôves, derrière les abris des fourches, les palissades de rameaux, quelque nitée à attaquer.

Dans l'intérieur de la Grande Haie, silencieuse et abritée, elle sautait d'avant en arrière, de droite à gauche, louchant en haut, guignant de côté, lorgnant en bas, cherchant aventure, se défiant de Maledent la rouge et de ses cousines les grandes couleuvres qui la fixaient étrangement de leurs yeux sans paupières en sifflotant des airs monotones.

Un pépiement indiscret dans les rameaux supérieurs de l'aubépine dans laquelle elle était lui fit lever la tête, et sautillante, le cou tendu, les yeux brillants de convoitise, écrasée sur ses pattes pour ne pas être vue, elle découvrit la boule grise du nid de Siffleclair et bondit jusqu'à son niveau.

Les quatre petits becs tendres, jaunes encore, s'ouvraient larges comme de grands compas dans l'attente de la pâture, et le duvet naissant frissonnait sur leurs grosses têtes comme une chevelure rare d'enfantelet, et les petits croupions s'agitaient aussi, et tout le corps vibrait dans l'attente de l'émotion unique, la proie de chenilles et de mouches tombant dans le gouffre du bec.

Maubec, perchée sur une branche de la fourche du nid, scruta les environs de son œil traître et inquiet, puis, avec une sûreté de rôdeur assassin qui n'en est pas à son coup d'essai, elle choisit parmi la nitée celui des petits dont elle pourrait le plus facilement faire sa victime.

Une grande épine dure et pointue hérissait sur la branche du couchant son dard affilé, c'était là qu'elle ferait son charnier ; l'épine serait le croc où la bouchère de la Combe déchirerait sa proie, et aussitôt, sans hésitation aucune, ni crainte, toute au désir de tuer et de se repaître, sautant dans le nid, piétinant les autres oisillons, elle se campa solidement pour amener sa victime au bord de l'abîme et la suspendre ensuite au poteau d'exécution.

Du bec et du cou, malgré les piaillements de douleur de toute la famille bouleversée, elle pousse et se crispe, le col et les pattes raidis, piétinant les autres, les blessant de ses griffes pointues, et amène le chétif oiselet au bord de la margelle du nid, sur la branche de la fourche qu'elle veut utiliser. Mais l'épine est trop haute et domine la maisonnée. Qu'importe ! La mégère des haies sait s'y prendre. Dans son bec puissant et crochu, les muscles serrés, les pattes crispées, toutes les plumes hérissées dans l'effort, elle soulève par le col tendre et frêle le petit corps presque inerte et l'élève plus haut que le dur croc de bois où elle le fixera ; puis au niveau du gésier, à l'endroit où la peau est plus molle encore, elle enfonce dans la broche terrible le cou de l'oiseau, perçant les chairs et la trachée pulmonaire, tandis que crie et se débat faiblement la petite victime et que les autres petits frères, ignorants de ce qui s'est passé, piaillent éperdument dans le berceau bouleversé.

Pendu à sa potence d'épine, l'oiselet blessé agitait vainement encore ses pauvres ailerons sans plumes et ses pattes sans force quand la bouchère sanglante, lui plantant dans le poitrail le croc dur de sa mandibule supérieure, lui perça le cœur et, l'œil aux aguets, se mit à dépecer vivement sa victime.

La femelle, à cet instant, arrivait à son nid, brusquement, le bec hérissé de chenilles, et elle vit ce spectacle. Un cri suraigu d'épouvante lui fit lâcher sa proie et appeler au secours de toute sa gorge, en cris rauques et affolés, tandis que la maraudeuse assassine, sûre d'être la plus forte, la regardait méchamment de son œil faux et, le bec en arrêt, continuait à arracher des morceaux du poitrail ouvert de l'oiselet.

Bientôt, au cri désespéré poussé par la fauvette, le mâle de Siffleclair apparut lui aussi et tous deux affolés, piaillant à pleine gorge, se mirent à tourner, à tourner autour du groupe tragique, n'osant encore dans leur frayeur indescriptible attaquer la détrousseuse de leur maison ni venger leur géniture.

Aux plaintes du couple victime, au signal d'appel et de douleur d'un des membres de la grande famille ailée en butte aux attaques d'un ennemi, tous les passereaux de la haie, un à un ou par couples, arrivèrent à tire-d'aile, ainsi qu'aux heures angoissantes où l'épervier menace de ses serres impitoyables un isolé éperdu.

Nulle fascination n'était à craindre avec celle-là, mais un affolement sans nom les prenait à voir le petit d'un des leurs tué, déchiqueté et saignant, et le buisson du crime fut immédiatement entouré d'une quadruple haie de petits oiseaux voletant et piaillant, injuriant, menaçant ou se lamentant.

Maubec, maintenant repue, commença à craindre une attaque d'ensemble du petit peuple ailé s'exaspérant par degrés. Elle tourna avec inquiétude sa tête au zénith où passait le vol d'un grand oiseau noir. C'était Tiécelin, le vieux corbeau, qui, attiré par ce manège étrange, venait se rendre compte de ce qui se passait, suspectant d'un nouvel assassinat son vieil ennemi le busard. Tout était à craindre avec Tiécelin.

Brusquement, Maubec, s'élevant droit en l'air, s'évada du cercle des assiégeants, et, sans perdre un instant, s'enfonça comme une flèche vers le nord, dans le bosquet de hêtres qui était son lieu de retraite et son séjour habituel, tandis que les oiseaux de la haie, du roitelet à la mésange et les pinsons du village et les rouges-gorges de la forêt voisine venaient voir et piaillaient, piaillaient, fous de douleur, de colère et de peur.

Siffleclair, dans son désarroi, allait du nid au cadavre, ouvrant des yeux ronds, crispant les pattes, les plumes de la tête hérissées, et puis, frémissante, tout d'un coup, elle se jeta éperdument sur son nid, et, sans plus rien dire, couvrit ses petits de ses ailes tremblantes, tandis que le mâle, haletant, voletait et tournoyait alentour du cadavre dépecé de la victime, pendue au-dessus du nid et dont le sang, en gouttelettes rouges, dégouttait encore devant le bec de la mère.

Alors, comme si une pensée commune et un commun effroi eussent saisi simultanément les témoins de ce drame, tous les oisillons qui étaient accourus s'enfuirent aussitôt à tire-d'aile vers leur nid et se jetèrent éperdument sur leurs petits pour les couvrir et les protéger eux aussi.

Lorsque le soleil tomba, ensanglantant l'horizon, pas un chant ne sortit de la Grande Haie, ensevelie, emmurée dans le silence et dans l'horreur de cet assassinat. Et le lendemain, à l'aurore, pas un cri ni un pépiement n'émurent les feuilles frissonnantes dans le vent, mais la famille de la mésange bleue du bout de la haie, qui commençait à sautiller sur les branches, s'enfuit pour ne plus revenir. Le surlendemain, le tarin chanteur du gros chêne emmena ses petits vers les pommiers des vergers, et le petit roitelet aussi s'en alla, et le chardonneret du pommier sauvage, et tous, un à un, partirent en silence.

Et Siffleclair huit jours après, elle aussi, avec ses trois derniers enfants dont les ailes fléchissantes commençaient à s'essayer, fila, fila aussi du lieu maudit où le cadavre déchiqueté, pourrissant et rongé des mouches de son petit sans plumes pendait toujours à son gibet solitaire et terrible.

La dernière heure du condamné

Les monte-en-l'air, haut pattus, porteurs des bâtons qui tuent, et leur horde familière de hurleurs poilus venaient, à la suite d'une faible course et avec des cris terribles, de grands beuglements rauques (rires et abois), de faire halte devant le trou où Tasson, le vieux blaireau, se terrait depuis quatre ou cinq neiges.

Tasson, dans son abri, écoutait. La terre, martelée à grands coups, tremblait, et les vibrations qui lui parvenaient, contrairement à ce qui s'était passé à toutes les précédentes chasses, ne s'atténuaient point : elles semblaient même s'amplifier, devenir plus nourries, plus intenses, plus fortes. C'était grave assurément.

D'ordinaire, quand le jour poignant le surprenait quelque part en maraude et que lui parvenaient des bruits menaçants, appels de chasseurs ou jappements de chiens, il filait par les chemins de cailloux où ses pattes ne laissaient pas de fret et gagnait, après quelques sages contours, sa maison de roc. Alors il pouvait entendre le piétinement de la chasse arriver en trombe auprès de sa demeure et les vibrations courir sur le sol, mêlées aux rafales d'abois, et tous ces bruits, bientôt, se fondaient, se diluaient, se partageaient comme si le grand courant de haine lancé à ses trousses se fût divisé peu à peu en une infinité de petits ruisselets sonores qui se seraient à leur tour engloutis dans le grand calme de la forêt et du matin.

Cette fois, il avait dû s'attarder trop longtemps. Avant sa rentrée précipitée dans son trou, il avait entendu des grelots, des hurlements, des bruits de foulées et des cris particuliers, les cris des haut pattus, cracheurs du feu, que conduisent d'ordinaire, aux sentes des bois, leurs familiers braillards, poilus, les chiens.

Ce n'étaient plus seulement des vibrations. C'étaient des chocs, des martèlements de talon, de rauques coups de gueule, des éclats de voix, des cris intraduisibles et des reniflements mêlés à des odeurs fortes, puantes, qui, par le boyau d'entrée de sa demeure, arrivaient jusqu'à lui.

Ils étaient à sa porte ; ils avaient découvert sa tanière.

Tasson, du fond de son repaire, s'avança dans le corridor et s'approcha de l'entrée aussi près que sa naturelle prudence le lui permit.

Les chiens, l'éventant du dehors, aboyèrent avec fureur. Le vieux blaireau, lui aussi, renifla leur odeur à pleines narines, et, au bout de quelques minutes d'examen, son museau pointu, qui frémissait, laissa, comme pour un rire animal et une satisfaction muette, passer sa langue sur ses babines noires.

Les mal poilus n'entreraient pas. Ils ne pouvaient ; ils étaient tous bien trop hauts sur pattes, autant les hommes que les chiens. Tasson se rassura. On était en fin d'automne : il était gras, il pouvait attendre et jeûner de longs jours ; les autres se lasseraient certainement.

Tasson savait que la nuit lui était favorable, que l'obscurité et la faim les font fléchir et les ramènent dans leurs maisons et que le sommeil les domine bien plus que les sauvages. Il savait tout cela, le vieux blaireau, et bien d'autres choses encore : que dans un trou étroit comme son corridor, il pourrait mordre et saigner le premier braillard qui oserait se hasarder assez loin dans ses ténèbres familières et que les autres y regarderaient à deux fois avant de tenter l'assaut à leur tour.

Il n'ignorait pas non plus que son terrier était perdu et qu'il lui faudrait, dès que son trou serait libre, quitter ce canton paisible, toute demeure connue des hommes étant maudite, traîtresse, pleine d'embûches et de dangers.

Cependant le bruit ne cessait point au dehors et aux aboiements, aux cris, aux coups de talon se mêlaient encore des grincements métalliques de scie et des craquements de bois.

Que pouvait signifier tout ce tapage ? Le vieux Goupil du Fays, qu'il avait rencontré une nuit au bord d'une tranchée, lui avait dit qu'il faut d'autant plus se méfier de l'homme qu'il fait moins de bruit à l'entrée des terriers ; et le vieux renard ne parlait pas à la légère ; mais en l'occurrence, l'excès contraire paraissait au blaireau tout aussi redoutable.

Et Tasson, écrasé sur ses courtes pattes, les yeux louchant en avant, les narines ouvertes et frémissantes, attendait avec patience.

Brusquement, la venue en bouffée étouffante d'une chose âcre et impalpable lui aveugla les prunelles et lui piqua vivement les narines. Instinctivement, tout en reculant, il essaya de mordre comme si un invisible ennemi se fût trouvé devant lui, mais ses mâchoires, large ouvertes et précipitamment refermées, claquèrent l'une contre l'autre : il n'avait rien happé que du vide, et l'ennemi l'aveuglait de plus en plus, le prenait à la gorge, lui fouettait les muqueuses. Plusieurs fois de suite, il fit claquer ses dents sur cet étrange et terrible adversaire et puis il parvint enfin à entr'ouvrir un peu les paupières. Alors il remarqua que son boyau, qui était clair l'instant d'avant, s'assombrissait maintenant d'un brouillard blanc tiède, piquant, mauvais, qui lui coupait le souffle et le faisait peu à peu reculer jusqu'au coin le plus enfoncé de son terrier.

Et puis il fit chaud dans son boyau de roc, il fit trop chaud. Quelle était cette brume nouvelle créée par les chasseurs ou par les chiens ? D'ordinaire, aux matins d'automne, celle qui s'exhale de la terre est fraîche et parfumée, mais tout ce qui émane des hommes est poison et danger.

Impossible d'arrêter cette invasion blanche qui, lente et prudente, se traînait par degrés vers lui. Tasson, résolument, fit front en montrant les dents. Évidemment le danger grandissait. Cependant, la fumée empoisonneuse, comme si l'attitude résolue du blaireau et ses vains coups de croc lui en eussent imposé tout de même, hésitait à l'atteindre de nouveau. Seuls quelques filets, bas comme d'irréels serpents, glissaient encore vers lui en longeant les parois. Quand ils se furent fondus dans le gris du mur, Tasson, inquiet, craignant d'eux une attaque sournoise et d'imprévisibles coups de fouet, resta longtemps quand même dans sa posture d'attaque, la dent dardée et la griffe prête.

Mais le vent favorisait la bête et, contrariant le tirage, attirait au dehors la fumée qui, peu à peu, sembla se retirer et disparut.

Pourtant les ennemis étaient toujours au dehors. Les voix humaines alternaient avec les jappements, les cris et les rires avec les reniflements. Son trou était bien gardé : il y avait danger de mort à s'aventurer dans le couloir et à s'élancer dans la campagne.

Tasson, patient, s'écrasa sur les pattes et attendit la nuit, certain que l'ombre, sa complice, défavorable aux humains, lui permettrait, même si sa demeure était encore assiégée, de profiter d'un instant de défaillance des geôliers pour tirer ses grègues et détaler dans les ténèbres. Non, il n'avait pas faim, et il était gras, et il savait attendre. Au besoin, il resterait là en sentinelle plusieurs jours et plusieurs nuits, pour bien choisir son heure et, quand ils s'y attendraient le moins, filer à la barbe de ses ennemis. Eh non, on ne le tenait pas encore !

Du temps coula qu'il ne sut mesurer, ses fonctions digestives étant comme suspendues et son attention rivée sur l'extérieur. Et au bruit des voix voici que se mêle un autre bruit sec et dur, tantôt criard et tantôt sourd, mais régulier et qui résonnait profondément. Quelque chose comme une grand dent de fer extrêmement puissante devait déchirer la terre et le roc de son trou. Il entendait, en effet, les coups de pic tomber et, après chaque secousse correspondant à un ahan humain, les pierres et le gazon rouler avec un choc dur ou assourdi, selon la violence de l'effort.

La situation s'aggravait encore.

Tasson, immédiatement, eut l'intention que les ennemis ne voulaient pas l'attendre, mais qu'ils cherchaient à arriver à lui ; donc, pour les éviter, il fallait fuir coûte que coûte. Résolument, de la gueule et des pattes, il attaqua la terre pour creuser son boyau plus avant et orienter une galerie de retraite vers le sol et vers le jour.

Mais les coups de pic et de pioche sonnaient toujours plus fort à l'entrée du souterrain ; il s'arrêta pour écouter. Oui, les coups continuaient, les jappements et les cris persistaient et, constatation plus grave, le jour ennemi, la lumière complice des hommes entrait à flot par le couloir, semblant guider les ennemis et leur montrer leur proie.

Tasson, médusé, comprit qu'il ne pourrait creuser assez vite un tunnel de sortie. D'ailleurs, l'ouverture élargie du corridor pouvait maintenant livrer passage aux chiens : tous les dangers se concentraient de ce côté ; il fallait surveiller pour faire tête, le cas échéant.

Les yeux flamboyants, furibond, prêt à saigner, il se retourna. Mais les chiens ne se hasardaient pas encore. Prudents, les maîtres les maintenaient près d'eux.

Un instant, les coups de pic cessèrent de marteler le roc. Tasson reprit espoir. Peut-être les hommes étaient-ils las ? Peut-être se décourageaient-ils comme lui quelquefois, durant les trop longs affûts. Mais son espoir fut de courte durée.

Bientôt, dans le couloir, une longue perche de bois vert s'avança tâtonnante, doucereuse, semblant le chercher, sondant la profondeur, pour le découvrir sans doute, et le frapper peut-être.

Il la regarda venir, heurtant les parois, se redressant, cherchant sa route, comme un bras d'aveugle, et quand elle fut devant lui, prête à le toucher, brusquement furieux il sauta dessus, la mordit rageusement, à pleines dents, serrant de toutes ses mâchoires, les yeux rouges de haine.

Ah ! elle osait venir ; eh bien, elle saurait ce que pouvait sa dent.

Comme si elle eût été douloureusement atteinte par cette morsure, la perche, l'écorce arrachée, se retira, cependant que les cris et les rires redoublaient à l'entrée du terrier.

Tasson jugea que les hommes souffraient puisqu'ils criaient si violemment, et il s'en réjouit ; il pensa encore que leur attaque était moins dangereuse qu'il ne l'avait craint, puisque d'une morsure il en avait eu raison et avait mis leur auxiliaire en fuite.

Mais les coups de pioche reprirent, et se rapprochèrent, et devinrent plus distincts, et, derechef, la perche, le bras de bois vint l'agacer dans son recoin.

Avec plus de fougue et de violence encore, bien décidé à en finir, il se précipita de nouveau dessus et la mordit, la tenailla, la broya sous ses mâchoires ; mais l'autre, cette fois, se défendit, tourna dans sa gueule, le tira en avant, chercha à le jeter sur le flanc tant et si bien qu'il dut la lâcher. Et avant de repartir, brusquement, elle lui fonça dessus et lui porta en plein poitrail un coup de pointe qu'il ne put prévoir ni éviter et si rude qu'il lui coupa le souffle.

Décidément, l'ennemi n'avait guère souffert de ses morsures ; ses attaques devenaient de plus en plus dangereuses. Tasson devait veiller.

Et les coups tonnaient toujours, et la terre et les pierres s'éboulaient, et la lumière entrait, et les martèlements de souliers, les cris, les jappements se rapprochaient de plus en plus.

Bientôt même, après un éboulis plus fort, Tasson vit… il vit des enlacements de pieds ainsi que des bêtes grouillantes et des jambes comme des fûts de chênes, et d'innombrables pattes de chiens qui passaient, passaient, tournaient encore et repassaient.

Une nuée d'ennemis, une foule d'assassins le guettaient, prêts à lui sauter dessus dès qu'il apparaîtrait.

Et la nuit sur laquelle il avait compté, la nuit qui ne venait pas !…

Comment faire ? Bientôt, plusieurs pourraient entrer de front ! Les coups pleuvaient toujours.

Quand ils s'arrêtèrent, les chiens s'élancèrent au trou, les yeux flamboyants, reniflant violemment, aboyant avec rage. Tasson gronda sourdement. Ils le voyaient. L'un d'eux, plus hardi, passa devant les autres. Le blaireau, les babines troussées, était prêt à l'attaque : ses canines énormes menaçaient ; le chien hésita. Terribles tous deux, ils se mesuraient. Mais, rappelé par son maître, le chien, obéissant, recula, les yeux toujours dardés sur l'ennemi.

Tasson entendit les hommes crier plus haut. Des sons argentins de batteries de fusil qu'on arme, tintèrent comme pour un petit glas, et ce bruit de métal, qui lui rappelait l'homme et ses dangers, fit passer sur son échine de courts frissons qui lui dressèrent les poils.

Une voix reprit, dominant le tumulte :

– Tenez les chiens et les fusils prêts, je vais harponner.

Et la main de bois, précédée cette fois d'une gaffe grise comme une grande griffe de fer pointue et recourbée en double hameçon, s'engagea dans l'ouverture et s'avança vers la bête.

Ramassé sur lui le blaireau la vit venir et se prépara, sentant bien que cet ennemi était terrible.

Le croc approchait, il allait le toucher, il lui frôlait l'épaule. Brusquement, Tasson l'empoigna, serra les dents et roidit les pattes sur le morceau de fer. Mais l'autre, impassible et invulnérable, se tordit dans sa gueule et glissa, froid, sous l'étreinte des dents. Il voulut le reprendre, mordre de nouveau, saigner, broyer ; alors l'autre s'enfonça violemment dans sa gorge, tourna sur lui-même en vrille, puis, se retirant d'un seul coup, mordit terriblement les chairs de ses pointes d'acier et s'agrippa aux mâchoires de la bête qu'il ne voulut plus lâcher.

Tasson fit des efforts désespérés, mais une douleur atroce le tordait, lui ôtant jusqu'à la possibilité de mordre ou de hurler, tandis que le harpon de fer, manié par une poigne implacable, le tirait impitoyablement vers le jour.

Malgré la douleur, le blaireau comprit que, s'il arrivait à la lumière, parmi les hommes et les chiens et impuissant comme il se trouvait, il était perdu. Et, crispé sur ses pattes, l'échine bandée, les reins tendus dans l'effort le plus désespéré, il s'arc-bouta à la terre.

Peine perdue ! Pas à pas il dut suivre le croc terrible qui l'avait happé, glissant sur ses pattes, la gueule saignante, le cou effroyablement tendu.

Et dès qu'il apparut et que, dans un éclair, ses yeux injectés de sang eurent entrevu, en un vertige d'épouvante, le mouvement de ruée sur lui des hommes et des chiens, un coup terrible asséné sur son crâne, un coup de massue de chêne, l'assomma au pied de son bourreau parmi la houle hurlante des bêtes qui s'acharnaient sur lui.

Longtemps encore il frissonna et quand, suspendu par les pattes à la perche maudite portée par deux chasseurs, il fut ramené en triomphe au village des hommes, le cerveau déjà obscurci des fumées de la mort, ses yeux encore clairs purent cependant voir tout au loin le soleil rouge annonçant la nuit prochaine, qui riait d'un rire sanglant au bas de l'horizon.

L'imprudente sortie

Miraut fit « bouaoue ! bouaoue ! bou » au bas du remblai des Cotards, dans les prés frais et verts où la rosée alourdit les lances de l'herbe fine et résiste jusqu'à midi au soleil qui s'évertue de tous ses rayons à sonder le mystère matinal de ce coin solitaire.

Goupil, le renard, le vieux rôdeur du canton des Bougeottes qui finissait sa tournée (c'était le matin) en flânant, repu, dans les sentiers étroits des raies d'un champ de betteraves, leva subitement à ce cri son nez inquiet tout barbouillé de terre.

– Oui, il était tard décidément ! Le soleil rôdait déjà derrière les pans de pourpre d'un rideau pelucheux de nuages et les sonnailles de troupeaux se rendant aux pâturages tintaient aux portes du village.

Goupil ne perdit point de temps à écouter ces bruits indifférents ni à faire réflexions sur l'opportunité qu'il y aurait eu pour lui, à cette heure indue, à être dissimulé dans un taillis épais ou dans un trou profond, et, avant même que Miraut eût relancé aux échos de la combe et de la forêt son cri de guerre, il avait filé prudemment par ses chemins à lui, ses sentiers de casse-cou et ses raccourcis périlleux pour gagner les coins propices à une fuite sans péril et assurer sa retraite.

« Bouaoue ! bouaoue ! » reprenait Miraut, excité par le fret puissant qui montait des foulées du sauvage, tandis que l'homme, à ses côtés, sifflotait en lui montrant le bois. Mais Goupil détalait déjà (oh ! sans se presser !) il savait qu'il avait le temps, le vieux fouinard, et le braillard poilu non plus que son long et puant camarade des terriers groupés, c'est-à-dire des maisons, le méchant porteur de tonnerre, ne le tenaient pas encore.

Dès le premier coup de gueule, son oreille exercée de sauvage avait démêlé tout de suite que le chien était dans son sillage et les abois prolongés et sourds et distants l'un de l'autre, injures familières qui suivirent, l'avaient confirmé aussitôt dans cette juste opinion.

Or, la rosée était bonne (Goupil en savait quelque chose !), il n'avait pas trop musé en montant la côte, et, avant une traversée de bois, deux minutes à peine, l'ennemi serait dans les betteraves à l'endroit où son coup de gueule l'y avait surpris.

Effectivement, une bordée précipitée d'abois frénétiques suivit, et bientôt, l'un trottant devant l'autre, par le mystère épineux des fourrés, ils gagnèrent le taillis des grands bois.

C'était une poursuite enragée, mais calme tout de même, parce que régulière et sans à-coups. Goupil, plein d'expérience et sûr de soi, allait son petit train, sa longue queue balancée légèrement, avec, derrière lui, à quelques centaines de sauts, les injures de Miraut qui revenaient, monotones et persévérantes : « Bouaoue !… bouaoue !… bouaoue !… » parmi les crépitements de branches, les froissements de feuilles sèches, les sifflements de merles surpris et les garrulements amusés de geais curieux, suivant de haut, de chêne en chêne, la course de ces deux imbéciles à quatre pattes qui, se ressemblant, se combattaient au lieu de s'unir comme eux pour fuir le mystérieux bandit des maisons.

Cependant, tout en fuyant Miraut, Goupil écoutait, car il savait, le vieux charbonnier aux pattes noires, que la sale bête aux crocs robustes était moins redoutable que l'allié malfaisant qu'elle guidait.

Et soudain, en effet, le museau frémissant, Goupil s'arrêta net. En arrivant à la tranchée de la voie au Loup, quelque chose avait craqué là-bas, en avant : une de ces cassures sèches de grosse branche comme seul en provoque le métal, en particulier les clous barbelés que laisse avec son fret, dans les chemins humides, l'habitant des terriers groupés. Il renifla un coup, deux coups… passa sa langue fine sur ses babines noires et, l'œil clignotant, crocha prudemment pour une autre direction.

Ah ! oui ! il s'en doutait ! Ils étaient bien ensemble, les deux alliés assassins. Pas d'hésitation alors, la fuite sous bois pouvait être dangereuse… et, après avoir décrit quelques grands cercles dans le taillis, simple histoire de faire brailler Miraut et de dérouter l'homme, il fila vers son trou des Bougeottes, à l'abri de ses murailles de roc.

Dans le sentier de la voie au Loup, le chasseur, frémissant, haletait, en entendant son chien s'approcher. Un instant encore, pensait-il, et les branches basses du taillis s'écarteraient pour laisser voir le museau chafouin du citoyen à longue queue qu'il était certain de ne pas rater. Le doigt sur la détente, prêt à tirer, il attendait…

Miraut faisait toujours : « Bouaoue… bouaoue… » et, tout d'un coup, v'lan ! lancé de toute son ardeur sur ce sillage odorant, facile à suivre comme une grande route, il vint trébucher, gueule ouverte, dans les jambes de son maître, qui faillit bien lui lâcher dans le nez son coup de fusil.

Les deux compères, ahuris, se regardèrent.

Les yeux de Miraut disaient : « Tu ne l'as pas vu ? » tandis que l'homme traitait son féal d'imbécile et d'idiot.

Miraut, alors, remit le nez à terre, reprit sa piste à lui, et, à quinze pas de là, vint buter à l'endroit où Goupil avait croché.

Il relança une bordée terrible de bouaoue !... bouaoue !... et, pressant la poursuite, le nez à terre, après trois circuits rageurs, vint donner ferme à l'entrée du trou où Goupil s'était retranché.

« Oute ! oute ! oute ! Et il reniflait : roun ! roun ! aroun ! au seuil de la caverne pour reprendre ensuite son aboi et avertir le maître, tandis que Goupil, accroupi, recroquevillé tout au fond du souterrain, respirait, lui aussi, à pleines narines, l'odeur caractéristique de son vieil adversaire.

Quand les deux alliés furent réunis, la rage de Miraut sembla grandir encore ; les abois devinrent plus menaçants, plus secs, plus rageurs. C'étaient presque des plaintes, et le vieux renard craignit tout de cette colère frénétique quand, malgré l'étroitesse du chemin, il vit et sentit que le chien cherchait à se faufiler dans son boyau de terre.

À ce moment, la voix de l'autre se fit entendre et cette voix, bien qu'elle parût moins menaçante, ne s'arrêtait pas non plus, et elle changeait de timbre et de volume, et Goupil écoutait de toutes ses oreilles. Mais si l'aboi du chien lui était familier, le jargon de son allié l'était beaucoup moins et Goupil, qui ne le comprenait pas, et dont les narines étaient comme embuées par l'émanation, puante pour un sauvage, du chien, ne pouvait pas savoir qu'il y avait maintenant à sa porte deux hommes qui parlaient de lui.

Ah !... s'il eût compris leur langage ! Car l'un disait :

– Je te dis de me passer le fusil et d'emmener le chien. Tu verras. N'aie pas peur de brailler et de traîner les pieds en partant.

– Oui, répondait l'autre, tu as raison.

Goupil n'entendait rien à ce dialogue, mais ce qu'il comprit bien, ce fut le « Viens ici, Miraut ! » du chasseur appelant son chien, et les pas qui s'éloignaient et le tintement du grelot qui décroissait dans le lointain. Une joie silencieuse l'envahit, le baigna. Ah ! ils renonçaient à sa poursuite ! le vieux solitaire s'y attendait. Mais avec ces gaillards-là, il y avait les pièges à redouter. La caverne n'avait pas d'autre issue, le mieux était de filer. Le tintement du grelot n'était plus, dans les rumeurs de la forêt, qu'un petit point aigrelet de son. Ils étaient hors de sa portée. Et, doucement, rampant d'abord pour se redresser ensuite de toutes ses pattes engourdies, il arriva le mufle calme à l'entrée du terrier.

« Baoum ! » un coup terrible résonna. Une charge de plomb formidable et qui fit balle, heureusement pour lui, siffla sous son ventre, entre les pattes, lui pelant net l'extrémité de la queue, tandis que, mû par un réflexe frénétique, il bondissait devant lui d'un élan formidable, affolé de la secousse. « Baoum ! » un nouveau coup lui siffla aux oreilles, des plombs lui trouèrent la croupe, tandis qu'une voix humaine, la même que tout à l'heure, tonitruait derrière lui.

Mais Goupil ne perdit point de temps à reconnaître l'ennemi et, bien qu'il ne risquât plus rien, le fusil de l'autre étant vide, il détala à toute vitesse et vint sans s'arrêter jusqu'au canton du goupil du Fays pour s'y cacher et raconter à son compère et compaing de chasse l'étonnante aventure qui venait de lui advenir.

Et ce fut ainsi que Goupil apprit qu'il ne faut pas toujours se fier aux bruits de départ des ennemis pour sortir de la retraite assiégée et se jura que, quand il entendrait encore deux timbres de voix, il y reniflerait à deux fois avant de hasarder son nez au dehors du trou où il se serait retranché.

La Fontaine et la psychologie animale

Ah ! que les fabricants de préfaces sont ennuyeux ! Contemporains admirateurs importuns ou démarqueurs pillards à tant la ligne, ils vous campent, avec quelques récits plus ou moins exacts, des réputations qui résistent aux siècles et n'ajoutent rien à la gloire de celui qu'elles prétendent servir.

Et c'est pourquoi, ouvrant les fables de La Fontaine, vous êtes prévenu dès la première page que vous avez affaire à un bonhomme distrait, naïf et en même temps (ce qui paraît bien un peu contradictoire) observateur scrupuleux, attentif et passionné de la nature et des animaux.

Suit la fameuse relation du voyage à Château-Thierry, que je me garderai bien d'attaquer, puisqu'elle a permis à Edmond Pilon d'écrire un petit chef-d'œuvre, puis l'inévitable chapitre de M. Nisard, je crois, sur la Fable qui plaît aux enfants parce qu'ils y reconnaissent les mœurs des animaux !

Il m'est difficile de présumer que les petits nègres qui liront dans quelques siècles les fables de La Fontaine reconnaîtront ou non les mœurs du lion, mais je sais bien que les enfants que j'ai pu voir ne reconnaissent rien du tout, pour la bonne raison que pour reconnaître il faut d'abord connaître et qu'ils se font justement des bêtes, et grâce aux fables, un caractère faussé, humanisé dont leurs compagnons à quatre pattes n'ont que trop souvent à se plaindre.

Mais pour que M. Nisard jugeât bien, il aurait fallu qu'il connût les bêtes, les enfants, les hommes et peut-être aussi les fables et – c'était un critique, cet homme – dame, il ne pouvait pas tout connaître !

Aussi bien la cause première de la légende, l'enterrement de la fourmi, mérite bien plus d'être réfutée.

On connaît l'anecdote : certain jour que la compagnie était particulièrement nombreuse et choisie, le poète oublia l'heure du dîner, et arrivant très en retard, allégua pour s'excuser qu'il avait assisté à l'enterrement d'une fourmi, suivi le convoi jusqu'au cimetière et reconduit au logis les compagnes de la défunte.

En supposant que fût vraie l'anecdote et que La Fontaine ait réellement parlé de la chose, ce dont nous ne pouvons être absolument sûrs, ne faudrait-il pas plutôt voir dans cette réponse le prétexte galant, spirituellement allégué par un poète plein d'esprit et d'à-propos, pour s'excuser d'avoir en rêvant oublié sa promesse et fait attendre des gens de qualité ! Car le fait en lui-même apparaît comme contraire, sinon de tous points, du moins en grande partie, à la vérité logique et expérimentale.

Il est en effet fort possible que La Fontaine, rêvant, se soit attardé à la contemplation d'une fourmilière, ou qu'il ait pu suivre avec intérêt l'évolution d'une fourmi ou d'un groupe de fourmis, mais ici commence la fantaisie, car le récit qui suit est en contradiction même avec le caractère de convention que le fabuliste accorde à la fourmi.

L'action se passait nécessairement en été, par conséquent dans la saison où la plus grande activité règne parmi la fourmilière. Or, si la fourmi est morte en chemin, il est absolument indubitable que les autres fourmis l'ont abandonnée là où elle était, puisqu'elle n'encombrait personne et ne gênait nullement la vie de la collectivité. Tout au plus, si elle portait quelque chose au logis, l'a-t-on débarrassée de son fardeau, qu'il ne fallait pas laisser perdre, et mise de côté après un rapide examen pour déterminer les causes probables de sa mort. Mais si, comme le laisserait plutôt supposer l'allure du récit, c'est à la fourmilière même qu'elle est morte, il est bien plus contraire encore aux instincts de la fourmi de supposer une longue théorie de ces laborieux insectes accompagnant pour des raisons sentimentales la dépouille de l'un d'entre eux. Où l'eussent-elles accompagnée ? – Au cimetière des fourmis, dit La Fontaine – La trouvaille est évidemment délicieuse, mais c'est pourtant par trop faire agir les fourmis comme les humains.

Les bêtes se conduisent toujours, ou presque toujours, d'après la logique de deux instincts plus ou moins nuancés ; l'instinct de conservation et l'instinct de reproduction, et la fourmi, l'ouvrière du moins, celle qu'on a le plus souvent lieu d'observer, pour des raisons d'ordre purement physiologique, puisque asexuée, n'a pas à s'embarrasser du second. C'est ce qui en fait une créature essentiellement laborieuse, et, si l'on peut dire, pas du tout portée aux rêveries plus ou moins troubles de sentiment dont l'instinct sexuel complique et nuance les états d'âme des bêtes selon les espèces et les individus. Elle vaque à l'approvisionnement, à la propreté, à l'ordre et à la défense de la colonie. Si donc il s'est trouvé, par un jour d'été, une morte, encombrant de son corps se décomposant les couloirs ou les greniers de la fourmilière, il a suffi à une ou deux ouvrières au plus de la saisir entre leur première paire de pattes et de la transporter à quelques pas de la colonie afin qu'elle ne soit plus une cause de gêne pour le fonctionnement normal de la société. Mais supposer le travail commun interrompu en totalité ou en partie par un accident ou un incident commun en somme et sans doute fréquent, l'abandon de la cité sans défenseurs et sans gardiens pour rendre un problématique honneur funèbre à un obscur membre de cette société est bien un rêve de poète, un rêve idéalisé prodigieusement, car si les hommes, pour des motifs plus ou moins égoïstes, suivent le cercueil d'un des leurs, plus la condition de celui-ci est humble et moins est conséquente la théorie de ceux qui l'accompagnent.

C'est donc bien un sentiment d'excuse mondaine originale et poétique qui dicta au poète ce récite sur lequel, avec quelques autres du même genre, s'est édifiée la légende d'un La Fontaine psychologue raffiné et scrupuleux observateur des bêtes.

Il n'est pas nécessaire de suivre bien loin le fabuliste pour découvrir que la vérité est tout autre, et il a fallu l'admiration forcenée et intempestive de quelques contemporains d'abord, plus tard l'ignorance ou l'incompréhension de certains critiques pour lui forger une réputation que, de son vivant, sa nonchalance de rêveur se garda bien d'attaquer, et qu'on laisse doucement se perpétuer.

Lui-même dans sa dédicace au dauphin s'exprime ainsi :

Je chante les héros dont Ésope est le père

et plus loin, pour préciser encore ce que cette déclaration pourrait avoir d'ambigu :

Je me sers d'animaux pour instruire les hommes

ce qui indique nettement qu'elle était sa source d'inspiration et son but.

La Fontaine, en effet, n'a vu le caractère des animaux que dans la convention créée avant lui et en dehors de lui par ses maîtres de dilection : Ésope surtout, Phèdre, qu'il n'a fait souvent que traduire purement et simplement, et les auteurs divers du *Roman de Renart* et des fabliaux du moyen âge. Or, pour savoir si La Fontaine a fait des animaux une psychologie exacte, il faudrait déterminer si Ésope ou les auteurs des fabliaux, qui furent eux-mêmes plus ou moins des admirateurs d'Ésope, observèrent les bêtes. Il n'en est rien. Outre que les observations, assez restreintes, d'ailleurs, faites jusqu'à ce jour, autoriseraient à proclamer que non (à moins toutefois, ce qui est invraisemblable, que les mœurs des bêtes aient changé prodigieusement d'Ésope à nos jours), on peut inférer du caractère et de la vie d'Ésope, tels qu'ils nous sont connus, que ce fut le moindre des soucis du Phrygien. Il suffit de se rappeler en effet comment, dans quelles circonstances et pour quel motif fut composé l'apologue des *Loups et des Brebis*, transposé presque littéralement par La Fontaine. Il n'y avait pour Ésope qu'un but essentiellement utilitaire, l'art délicat et dangereux de faire entendre à des hommes grossiers et susceptibles à l'excès des vérités qu'il eût été imprudent de présenter toutes nues.

Or, les animaux de La Fontaine sont ceux d'Ésope mêmes, ceux-là qui enseignaient la raison aux hommes. Ils agissent donc comme des hommes, souvent pleins de raison et d'esprit comme le Phrygien dont ils concrétisent des idées et les sentiments, les haines et les ruses. Les animaux de La Fontaine sont les fils spirituels d'Ésope, mais ils se sont adaptés au siècle et ont parlé la langue de La Fontaine. C'est quelque chose !

Il n'est guère qu'un cas où La Fontaine se soit permis dans une espèce de préface de critiquer le caractère d'Ésope, c'est dans la fable *Le loup et le Renard* :

> *Mais d'où vient qu'au renard Ésope accorde un point :*
> *C'est d'exceller en tours pleins de matoiserie.*
> *J'en cherche la raison et ne la trouve point*
> *et j'oserais peut-être*
> *Avec quelque raison contredire mon maître.*

Il faut avouer que ce choix de contradiction est plutôt fâcheux, car ce caractère du renard est justement un de ceux qui restent à peu près campés d'une façon exacte. Mais où apparaît l'ignorance du poète, c'est dans l'aveu du troisième vers :

J'en cherche la raison et ne la trouve point.

Il est en effet absolument inadmissible qu'un homme s'intéressant aux animaux, amant de la nature, amateur des promenades en forêt, ignore les nombreux traits de ruse et de finesse dont s'honore chaque jour l'hôte des terriers. C'est d'ailleurs un animal suffisamment connu, un voleur assez familier pour qu'on puisse l'observer facilement pour peu qu'on veuille s'en donner la peine. Ce simple aveu-là serait suffisant déjà, je crois, pour creuser une forte brèche dans la réputation d'observateur des bêtes qui lui fut si bénévolement conférée. Mais il est d'autres raisons plus péremptoires encore.

Sans revenir sur cette idée que les animaux ont endossé tous les vices et tous les travers des hommes selon le bon plaisir d'Ésope ou la fantaisie plus ou moins ingénieuse des conteurs du moyen âge, on doit toutefois remarquer une parfaite analogie entre les caractères des personnes du *Roman de Renart* et ceux des bêtes de La Fontaine : le lion est toujours Noble, le Goupil toujours Renart et le loup Ysengrin et le corbeau Tiécelin et les autres à l'avenant. Or, s'il est difficile de se prononcer pour le lion, on peut toutefois reconnaître que certaines psychologies générales, bien que toujours objectivées trop humainement, sont à peu près justes ; mais, par contre, combien sont calomniés, le bouc querelleur, hardi et… galant qui n'apparaît que comme un gros bêta, et le corbeau, ce beau philosophe cynique dans le cerveau duquel s'accumulent l'expérience et la sagesse des années, peut-être d'un siècle, l'oiseau intelligent, rusé, courageux et méfiant. – Il est vrai qu'il est roulé par un maître, ce qui serait une circonstance atténuante.

Au reste, il serait également injuste de conclure que La Fontaine ne connaissait rien des animaux et de la nature : il les a vus quelquefois, il les a devinés ; il ne les a pas observés. Il les a vus à travers les apologues d'Ésope, il les a devinés à travers son imagination et ses rêves de poète, mais ce serait, je crois, le calomnier que de vouloir affirmer que ce rêveur, ce fantaisiste charmant qui fut souvent un misanthrope cruel, ait pu se plier à des disciplines aussi sévères que celles auxquelles s'assujettissent les naturalistes et les entomologistes.

La Fontaine a quelquefois vu réellement les animaux et ce qu'il en a vu il l'a exprimé en notules charmantes dont chatoient ses fables : *la gent trotte-menu*.

> *La gent marécageuse*
> *............*
> *S'alla cacher sous les eaux,*
> *Dans les joncs et les roseaux,*
> *Dans les trous du marécage.*

J'ai sauté à dessein *gent fort sotte et fort peureuse* qui est bien une calomnie gratuite envers le *bon petit peuple vert*, qui réjouissait les yeux de Maurice Rollinat.

> *Une mouche survient et des chevaux s'approche,*
> *Pique l'un, pique l'autre…, etc.*

Mais tout ceci apparaît dans les récits non comme la matière première sur laquelle il table et dont il déduit des actes logiques conformes au génie de l'animal ; ce ne sont que des enjolivures, d'agréables superfluités, dont il fleurit et redore le cadre fané de la fable antique.

Pourtant, s'il a vu quelquefois réellement, d'autrefois il a cru voir et souvent aussi, ce qui n'est pas plus grave, il n'a ni vu ni cherché à voir et narre pourtant comme s'il avait réellement observé.

Prenons par exemple le début de *La Cigale et la Fourmi* :

> *La cigale ayant chanté*
> *Tout l'été.*

Chanté ! chanté !... Ah ! il y aurait beaucoup à dire sur le chant chez les bêtes. Enfin, on peut admettre que le bruit aigu des membranes situées sous le ventre est une manifestation de joie.

> *Pas un seul petit morceau*
> *De mouche ou de vermisseau*

ce qui laisserait croire que la cigale se nourrit de vermisseaux et de mouches et ce serait lui supposer... bon estomac.

En aucune fable nous ne voyons La Fontaine prendre un animal et le suivre jusqu'au bout, enregistrer successivement les actions diverses qu'il accomplit et les raconter. Son procédé est plus simple. Quand il ne se contente pas de rajeunir en racontant à sa façon la fable d'Ésope, il part d'un fait particulier, observé ou non, d'une situation réelle ou imaginaire de l'animal et de là le fait agir comme un homme selon le caractère conventionnel qui lui est conféré.

Ainsi, dans *Le Coche et la Mouche*, il voit une ou plusieurs mouches bourdonner autour des chevaux, les agacer, et immédiatement il assimile la mouche au cocher qui excite l'animal sans rien faire pour l'aider ; il ne cherche pas le pourquoi de la tactique de la mouche : il en brode une à sa fantaisie, une fantaisie humaine, charmante d'ailleurs, lui permettant d'arriver à soutenir une thèse qui lui est chère. Et il n'a peut-être pas tort d'agir ainsi. D'abord aurait-il pu faire autrement ? – Je ne crois pas. – Mais voyez-vous le poète se demander à quel mobile de conservation ou de reproduction obéit l'insecte, à rechercher si c'est pour pomper sa nourriture dans le sang du cheval, ou plutôt comme le fait l'œstre bourdonnante qui est très certainement l'héroïne de son histoire, si ce n'est pas pour agglutiner ses œufs aux endroits de la peau que lèche l'animal parce qu'un instinct mystérieux l'avertit que le cheval avalera les larves écloses, qu'une fois fixées dans son estomac elles se nourriront, puis parvenues à leur développement se décrocheront, seront entraînées au dehors avec les excréments et deviendront, après quelque autre métamorphose nouvelle, des insectes ailés. Combien nous serait gâtée cette fable sautillante et pleine de verve ; ou plutôt non, elle ne serait pas gâtée, pour la bonne et simple raison qu'elle n'aurait pas pu être composée.

La Fontaine a préféré en induire que, puisque le bourdonnement de la mouche leur était importun à lui et aux chevaux, c'est que la mouche avait l'intention bien arrêtée de les agacer, et cela dans le but très utilitaire et humain de forcer les chevaux à gravir le chemin *montant, sablonneux, malaisé* où s'est engagé le coche. Il a sans doute bien fait.

Peu lui chaut également de faire descendre seul le renard au fond du puits pour l'en faire tirer par le loup ou par le bouc, et il ne s'arrêtera pas un seul instant à se demander si Renard se laisserait prendre à un artifice aussi grossier ; il ne s'occupera pas davantage de savoir si un chien portant une proie la lâchera pour l'image reflétée dans la rivière, et ceci dénote chez lui autant que chez Ésope, son maître, une totale ignorance du caractère, des instincts et de la sensibilité du chien.

Y avait-il pourtant, pour lui, qui était, dit-on, chasseur passionné, un animal plus facile à observer ? Non, il se contente de le faire passer, au cours de ses divers récits, pour un bon animal fidèle, assez bêta, assez niais, ne faisant le mal que lorsqu'il y est contraint, se ressouvenant des injures juste assez pour laisser faire, ce qui est parfaitement humain, puisque conforme au principe du moindre effort, la vengeance étant déjà une vertu des forts.

Mais s'il avait observé le chien avec la pénétration que lui supposent ses biographes et ses admirateurs, il aurait su qu'un chien, même tout jeune, sait ce que c'est que l'eau et ne lâche dans aucun liquide la proie qu'il a conquise. D'abord un chien portant une proie à sa gueule a nettement le sentiment d'une victoire : il dresse la tête et, sans rien voir au-delà, va chercher un endroit paisible pour la manger à son aise. Il ne s'arrêtera donc pas au bord de l'eau. En second lieu, ce qui est presque impossible, si même il est distrait de sa besogne par une apparition fortuite dans un miroir, il ne se dessaisira pas de sa proie avant de s'être préalablement assuré qu'elle est en sûreté. Il aurait dû savoir aussi que l'odorat étant le meilleur sens du chien, c'est à son nez d'abord, avant ses yeux, que le chien se fie et qu'il aurait, avant de lâcher sa proie, flairé l'image qu'il voyait dans l'onde, car si l'on présente un miroir à un chien, il s'y contemplera plus avec son nez qu'avec ses yeux ; il viendra flairer la glace, puis ne humant rien, après s'être heurté le museau contre le verre, tournera derrière pour compléter une observation sur laquelle, on peut en être sûr, son opinion est déjà faite.

Enfin, si le chien avait voulu posséder la proie que reflétait la rivière, il aurait commencé par dévorer gloutonnement celle qu'il tenait dans sa gueule pour se jeter sur l'autre ensuite.

On pourrait sur la presque totalité des fables se livrer à des exercices analogues à celui-ci et qui montreraient que l'observation des bêtes était bien le moindre des soucis du poète.

L'observation, d'ailleurs, nécessite de l'attention, une méthode : La Fontaine était, je crois, trop poète pour être capable de l'une ou de l'autre. Sa fantaisie partait en campagne sur un fait lu ou observé ; il en tirait ce qu'il voulait et nous aurions tort de nous en plaindre, car on ne voit pas bien à quel résultat littéraire il serait arrivé s'il avait voulu, avec un tempérament aussi capricieux que le sien, faire de l'observation pure et simple.

Non pas qu'il soit impossible à un poète d'arriver en partant de là à écrire des œuvres, somme toute, intéressantes, n'en déplaise à quelques cuistres aigris, ratés ou jaloux qui ne connaissent guère en fait de bêtes que celles qui hantent les cabinets de rédaction.

Mais pour faire œuvre d'art partant de données exclusivement expérimentales, il faut supporter des travaux scientifiques, des dissections animales, des observations multiples, un tas d'études préalables, qui certainement n'étaient pas faites au temps où vivait La Fontaine ; il eût tout au moins fallu supposer une philosophie qui ne refusait pas aux animaux la moindre faculté, pas même la sensibilité ; et bien que La Fontaine parût un peu fronder les doctrines cartésiennes fort en honneur à son époque, il n'en est pas moins vrai qu'il en subissait l'influence et qu'il n'eût pas été le moins du monde ému en entendant Malebranche, je crois, justifier ou plutôt expliquer les coups de pied dont hurlait sa chienne prête à mettre bas en prétendant que *cela ne sentait pas*.

Et puis La Fontaine était de l'Académie, il était l'ami de Molière, de Racine et de Boileau, par qui il respirait, bien qu'il vécût un peu à l'écart, l'air du siècle, et ce grand siècle n'eut pas, tout au moins dans la sphère académique et officielle dont il faisait partie, le sentiment de la nature. Il fut un siècle d'analyse, et La Fontaine, tout comme Racine et Molière et La Bruyère, fut un psychologue humain et peignit les hommes sous la forme allégorique, plus adéquate à son génie. Une étude de psychologie animale eût été absolument contraire au but qu'il se proposait. Il était trop primesautier, trop indiscipliné pour suivre et étudier un caractère durant quatre ou cinq actes consécutifs ; il aurait eu de la peine d'ailleurs à faire entendre aux courtisans et aux rois les dures vérités qu'il faisait passer sur le dos du lion, du tigre, de l'ours ou de quelque autre puissance : il préféra calomnier les bêtes pour médire des hommes en toute tranquillité.

Enfin, il visait une morale, si large qu'elle fût, et pour voir juste dans l'observation, s'il faut une méthode pour ne pas regarder ailleurs, il ne faut pas chausser les besicles épaisses de l'utilitarisme, du kantisme, ou de n'importe quelle philosophie en isme. À quelles conclusions morales l'eût conduit la psychologie animale ? À des conclusions tout autres que celles auxquelles il visait, ou même à pas de conclusions du tout. Il ne pouvait donc pas, il ne devait pas s'en embarrasser.

Il y a dans La Fontaine beaucoup de jolies observations, le plus souvent ciselées en expressions lapidaires, dont quelques-unes déjà sont devenues populaires et courantes.

Je laisse à quelque savant érudit le soin de les séparer du reste. Ce sera un travail délicieux à faire, car je n'imagine pas qu'on puisse supposer que j'aie voulu ici le moins du monde attaquer La Fontaine. Dépouillé de sa perruque de bonhomme et de sa défroque de naturaliste, il reste ce qu'il était : un poète.

L'hypocrisie du chat ?

Il était une fois trois amis : Miraut, chien ; Mitou, chat, et Lulu, gosse. Ils avaient bien six ans pour les trois, c'est-à-dire que, si les deux premiers comptaient environ douze mois d'âge chacun, le troisième, lui, marchait gaillardement, tantôt à deux, tantôt à quatre pattes, vers son quatrième anniversaire. À eux trois, ils emplissaient l'appartement, la cour et le jardin de leurs cris et de leurs jeux, et c'était dans la maison une joie et une fête perpétuelles.

Mais quelqu'un troubla cette fête.

Un beau jour, Lulu gosse fut séparé de ses deux compagnons et conduit dans un vaste local où d'autres enfants, sagement assis sur des bancs symétriques, écoutaient une longue personne sèche dont le lorgnon d'or chevauchait un nez pointu.

La femme disait :

– Le chien est fidèle, obéissant et dévoué à son maître ; le chat est hypocrite, gourmand et voleur.

Et les petits répétaient docilement ces paroles, et tous avaient un air si convaincu que cette conviction troubla Lulu. La maîtresse insista :

– Méfiez-vous des chats, mes amis, et ne jouez jamais avec eux.

Quand Lulu rentra chez lui et que ses deux fidèles compagnons, qui s'étaient bien ennuyés durant son absence, voulurent lui témoigner leur joie de le revoir, Miraut chien, qui jappait et remuait la queue, fut bien accueilli. Quant à Mitou chat, son gras dos et son ronron ne reçurent pour toute réponse que ces mots peu aimables :

– Va-t'en, toi, tu n'es qu'un vilain et un hypocrite !

La fin de l'histoire, je vous la dirai quelque jour. Il suffit, pour l'instant, que je vous aie fait entendre que la plupart des jugements que l'on porte sur les bêtes n'ont pas de base plus solide que celle de ce bébé et que les braves minets sont depuis longtemps les innocentes victimes d'une réputation calomnieuse.

« Tout notre mal vient d'asnerie », disait Montaigne, tout le mal dont souffrent nos frères prétendus inférieurs vient également de là.

Quel fut le méchant imbécile auquel son chat exaspéré décocha un coup de griffe vengeur ; quel fut l'avare dont le petit compagnon affamé fit gueule basse sur la pitance qu'on lui mesurait trop parcimonieusement ; quel fut le philosophe en chambre, plus habitué à scruter les jeux de physionomie de ses nobles contemporains que les frémissements de mufle d'un innocent minet, qui osèrent porter sur nos charmants compagnons domestiques des jugements aussi grossiers et aussi stupides ? Ma foi, je n'en sais rien, et j'aime autant ne pas le savoir ; mais ce que je tiens à dire, c'est que l'hypocrisie est une vertu, c'est-à-dire une force humaine, et non point animale.

Avant toute chose, il serait prudent de la définir, et cela nous pourrait mener un peu loin. Aussi, bornons-nous à dire, puisque aussi bien c'est de lui, et de lui seul qu'il s'agit, que le chat ne s'est

vu attribuer cette fâcheuse réputation qu'en raison des mouvements défensifs violents qui sont sa sauvegarde au moment critique, et auxquels l'imbécillité méchante de ses tourmenteurs ne
s'attendait point.

C'est le coup de griffe et le coup de dents qui font de lui un
hypocrite et une fripouille. Mais l'égoïsme humain ne veut point
voir les raisons qui ont provoqué ses gestes, et l'habitude pares-
seuse de ne pas sortir de nous-mêmes nous a, seule, longtemps
empêchés de suivre sur des faciès poilus, un peu fermés à nos
investigations et différents des nôtres, des jeux de physionomie
qui sont extrêmement caractéristiques, nuancés et variés à l'infini.

L'homme rapporte tout à son genre de beauté, si l'on peut
dire, et c'est pour cela qu'il trouve le singe si parfaitement hideux.
Il est probable, d'ailleurs, que le singe doit en juger de même à
notre égard.

Quiconque a vu un matou en train de chasser souris ou moi-
neaux – et c'est là surtout que la bête devrait ruser et se montrer
hypocrite – ne peut plus charger de ce défaut cet animal. Le parti
pris, l'aveuglement de l'être à la fois juge et partie dans l'affaire
peuvent seuls troubler jusqu'à l'illogisme et à l'absurde la recti-
tude d'un jugement, qui n'est pas toujours – et nos tribunaux
nous en donnent assez souvent des preuves éclatantes – illuminé
de la grâce et inspiré par la justice.

Pour pouvoir conclure, notre entendement épais a besoin de
manifestations grossières et violentes et, en ce qui concerne le
chat, la plupart des hommes sont inaccessibles aux avertissements multiples qui décèlent une patience à bout.

Le redressement des sourcils, le renversement des oreilles, le
brandissement des moustaches, le frémissement du nez, un pli

imperceptible au coin du mufle, l'agrandissement ou le rétrécissement des paupières, l'avivement de l'œil, un frétillement nerveux de la queue, certaines façons de se ramasser et de faire porter le poids du corps sur une seule patte, sont autant d'indices précurseurs de l'orage auxquels ne se trompent point ceux qui se sont donné la peine d'examiner d'un peu près nos charmants petits familiers.

Plus véhément, plus bruyant, plus gueulard, plus près de l'homme pour tout dire, le bon chien, qui braille fort lorsqu'on l'ennuie et ne se résout à mordre qu'après avoir manifesté à haute et intelligible voix ses sentiments, n'a jamais été taxé d'hypocrisie, mais il a joué de ce fait à son camarade chat, plus discret, un véritable tour de cochon, si l'on peut dire.

Car le brave minet aura beau faire sentir à sa manière qu'il est énervé et agacé et multiplier les avertissements : aveugle à ses manifestations, ne voyant dans sa patience qu'une façon de cacher son jeu, l'homme griffé ne trouvera rien de mieux que de le taxer d'hypocrisie pour masquer son ignorance et sa méchanceté.

Plus physionomistes que nous en ce qui les concerne, nos inférieurs frères fourrés savent bien reconnaître à notre attitude, à notre langage, au mouvement de notre face, tous les sentiments que nous leur portons. S'ils connaissaient l'hypocrisie que nous leur prêtons, nous ne pourrions pas les tromper comme le font certaines brutes qui, pour capturer les bêtes, s'affublent de gestes patelins et se gargarisent la bouche de paroles mielleuses. Jamais un chat ne vous fera le gros dos avant de vous mordre ou de vous égratigner. C'est une bête loyale comme toutes les bêtes et nous lui devons, nous aussi, la franchise.

Je n'ai pas de secrets sentimentaux pour le cœur de mon chat Toto, et lui n'en a pas pour moi. Je ne puis pas dire qu'à ce sujet il

m'ait jamais trompé ; quant au reste, c'est-à-dire à mes préoccu-
pations économiques, politiques ou artistiques, il sait quelles ne
sont pas de son ressort ; aussi s'en fiche-t-il sereinement.

Vendredi 3 avril 1914.

Le rire du chien

Comme je passais la main dans les cheveux, je veux dire dans les poils de son chien, mon « bougnat », avec qui j'entretiens des relations de bon voisinage, m'a glissé confidentiellement :

– Je gage que vous ne savez pas pourquoi nous marchons sur deux pattes au lieu de nous servir, comme toutes les autres bêtes, de nos quatre membres ?

– Je l'ignore, en effet, répondis-je du ton du citoyen qui attend une histoire.

– Eh bien, reprit mon interlocuteur, sachez donc que c'est à un chien et à un Auvergnat que les hommes sont redevables de ce genre de locomotion.

« Oui, n'est-ce pas, continua-t-il, au début, tout le monde allait à quatre pattes ; mais, certain jour, un Auvergnat avisa un cabot qui se dressait sur ses pattes de derrière pour regarder par-dessus une clôture.

« Je suis aussi malin qu'un chien, se dit cet homme avisé, et lui aussi se dressa sur ses pattes de derrière. Ses compagnons l'imitèrent aussitôt. Et voilà pourquoi l'humanité marche sur deux pattes, tout simplement ».

Je ne saurais affirmer la rigoureuse exactitude de cette explication, mais en tout cas, si le chien – car nous laisserons, voulez-vous, l'Auvergnat à son anthracite – si le chien, dis-je, nous a appris à nous tenir sur deux pattes, nous lui avons, par sentiment de réciprocité sans doute, enseigné le rire.

Je n'ai pas la prétention d'affirmer que, ce faisant, nous avons rendu à notre commensal un service extraordinaire et que nous lui ayons fait faire un pas vers son émancipation future, d'autant que cet enseignement aura été absolument involontaire et passif.

Un peu particulier sans doute et différent du phénomène humain, le fait est là tout de même et j'ai eu occasion de l'observer souvent chez les chiens de chasse.

Le rire canin n'est pas un rire bruyant ; il n'éclate ni ne tonitrue ; il ne secoue pas les tripes et n'ébranle pas le poitrail de celui qui en est saisi, la tête ne part pas en arrière et les pattes n'y participent point, pas plus que le tronc… C'est le rire silencieux, le rire muet que le bon Fenimore Cooper, dans des romans qui firent la joie de notre enfance, attribue quelque part à la « Longue-Carabine » ou au « Dernier des Mohicans », je ne sais plus au juste, quand ils ont découvert la trace fraîche du méchant Sioux ou du traître Comanche sur le sentier de la guerre.

L'œil pourtant s'avive un peu et le mufle humide et frais a de légers frémissements, mais on a plutôt l'impression d'un rictus que d'un rire. Les babines se troussent ; la gueule, littéralement, se fend jusqu'aux oreilles et les deux magnifiques rangées de crocs qui apparaissent n'auraient rien de très rassurant pour quelqu'un qui ne connaîtrait pas le bon camarade à qui il a affaire ; la queue, quelquefois, mais assez rarement, se met aussi de la partie et bat avec douceur. Telles sont à peu près les caractéristiques du rire canin.

Dire que ce phénomène décèle, comme chez l'homme, un état d'épanouissement général et de gaieté plénière serait faux ; le rire du chien marque tout simplement un désir d'être agréable au maître, une affectueuse soumission, ou encore une discrète invite au plaisir espéré de la chasse ou de la promenade. Peut-être également est-ce pour l'animal une manière délicate de demander au maître un bon morceau, ou une façon distinguée de souhaiter le bonjour à une personne de connaissance.

Les chiens n'emploient le rire qu'avec les hommes et ne rient pas entre eux. Ils ont mieux, apparemment, et leurs manifestations de joie nous sont bien connues ; mais le fait qu'ils se sont assimilé ce geste et qu'ils lui ont attribué un sens dénote une curieuse faculté de raisonnement, qu'il est intéressant de dégager.

D'abord, il n'y a que les vieux chiens qui savent rire ; les jeunes, apparemment, jusqu'à ce que le phénomène les ait frappés par quelque corrélation les intéressant directement, n'y font pas plus attention qu'à n'importe lequel de nos gestes coutumiers.

C'est la concordance de nos mouvements avec un état général de bonne humeur et de générosité dont il profite qui met l'animal en éveil : de là à généraliser, il n'y a qu'un pas. Mais où le phénomène devient merveilleux et troublant, c'est quand nous voyons la bête adopter ce truchement pour nous faire comprendre, sans nul doute, qu'elle est animée à notre égard des sentiments qu'elle nous a reconnus dans le rire.

Il est hors de doute que le chien comprend dans notre langage articulé, même dépouillé d'inflexions révélatrices, tout ce qui a rapport à lui et que nous sommes, nous, à son égard, dans un état manifeste d'infériorité.

Peut-être s'en est-il rendu compte, et son rire, ainsi que d'autres phénomènes d'imitation, souvent mal interprétés, ne sont-ils que les premiers balbutiements de notre langage mimique !

Sa vie est si courte et si remplie ! Qui sait, s'il en avait le temps, s'il n'arriverait pas à se créer, à l'instar des sourds-muets, un alphabet restreint de gestes et de vocables qui traduiraient clairement, à notre usage, ses idées et ses sentiments.

Il y aurait là, en tout cas, de sa part, la révélation d'une supériorité méconnue, en même temps que le signe pour l'homme d'un certain mépris affectueux.

« Ce pauvre Haut-Pattu, doit penser Miraut, il est incapable de parler ma langue, il faut bien que je m'habitue à parler la sienne ! »

Vendredi 10 avril 1914.

Le miracle de Saint Hubert

En ces temps-là, le Val des Hiboux, qui s'appelle maintenant la Grâce-Dieu, était un lieu sinistre où l'Audeux roulait ses ondes torrentielles entre deux murs sombres de roc que gardaient d'immenses forêts s'étendant du Val de la Loue au coude du Doubs.

Du ponant au levant, cette large bande touffue s'étalait dans son ampleur royale, sombre en été, rousse en automne et, sous le mystère ondoyant de ses frondaisons, abritait les tribus innombrables des bêtes : vieux solitaires au dur boutoir, madrés goupils à longue traîne, lièvres malins et rapides, et les hardes de cerfs et de chevreuils, et des familles de loups, des assemblées d'écureuils, et des clans sombres de corbeaux, des caravanes de ramiers et de geais et des chœurs de pinsons qui faisaient de cette immense cité libre un paradis de chansons, d'amour et de batailles.

La sève alors, généreuse et débordante, s'épanouissait en chênes géants, en hêtres colossaux, en bouquets puissants de charmes, en poiriers trapus, en bouleaux énormes dont les fûts blancs semblaient être les piliers épars soutenant la gigantesque et verte voûte d'une architecture fantastique, et tous mêlaient dans l'air vif, sans cesse rénové par les vents des hauteurs, leurs ramures épaisses, lourd vêtues de feuilles, que baisait le soleil et que giflait la pluie.

La terre, vierge et neuve, gardait derrière cet écran sombre une température presque égale : tiède en été, fraîche en hiver, et dans les taillis touffus où craquaient les branches mortes, les bêtes pouvaient, selon leur caprice et selon le temps, choisir l'abri qui leur convenait le mieux : la tanière propice, le terrier calme, le gîte sec, le retrait tranquille où elles vivaient intensément leur existence de combat et d'angoisse dans le bonheur de la lutte perpétuelle, des périls déjoués et des instincts satisfaits.

Des ondes embaumées montaient des immenses et nombreuses clairières où la faux flamboyante de la foudre, alignant ses andains de feu, avait abattu et tranché et brûlé sur son passage les troncs des géants séculaires qui narguaient sa puissance indomptée.

Au creux des combes boisées, d'immenses étangs étalaient leurs faces calmes, ulcérées çà et là d'îlots herbeux ; des joncs aux plumets guerriers massaient leurs vertes cohortes en carrés menaçant sur les rives ; des feuilles de sagittaires trouaient la surface de l'eau comme un suprême appel de mains de naufragés à demi engloutis, et sur toutes les feuilles flottantes de nénuphar et par les taillis aquatiques de mousses des bandes coassantes ou plongeantes de grenouilles vivaient et s'agitaient et emplissaient d'un tumulte éphémère, vite étouffé sous des remous, les grandes cités humides perdues aux plis mystérieux des bois.

Une fraîcheur puissante émanait des multiples sources d'eau vive fleuries de pétales multicolores en été, de feuilles mortes en automne, qui dévalaient les coteaux comme des serpents d'argent avant de mêler leurs flots turbulents à la majesté tranquille des grands lacs immobiles. Des exhalaisons humides, des émanations putrides de ces immenses nécropoles végétales s'élevaient avec les soleils d'été et, dans les plis des vents, rayonnaient tout alentour en mystère alanguissant et morbide qui attirait sur leurs bords des escadres de libellules bleues et vertes, des chœurs d'éphémères, des nuées de mouches et des volées d'autres insectes.

Le soir, en longues théories, des vols d'oiseaux s'abattaient sur les rives, puis s'enlevaient à grand fracas d'ailes pour disparaître bientôt, tandis qu'en prudents cortèges, s'espaçant par groupes, chacun à sa place favorite, les cerfs et les chevreuils s'alignaient aux plages des berges.

De longs meuglements s'élevaient, se succédaient, se répondaient, puis l'heure indécise du crépuscule ramenait le silence bourdonnant qui se mariait peu à peu aux vibrations des branches, aux ululements du vent, aux cris des fauves traquant leur proie, au bruit des rameaux cassant sous les foulées sauvages du sanglier et du chevreuil.

Durant les nuits d'été, les écureuils, au clair de lune, donnaient parmi les branches des fêtes cabriolantes et joyeuses, tandis qu'en hiver les puissants hurlements des loups propageaient autour de la grande partie sylvestre la crainte salutaire des blancs crocs d'ivoire, aiguisés de froid et pleins de faim, qui éloignait, le cœur chavirant, tous les humains dont les incursions possibles eussent troublé cette belle quiétude sauvage.

Et quand un vaincu tombait sous la dent d'une bête carnassière ou la serre d'un vorace ailé, rien n'ébranlait chez ses frères de race, soumis à la loi commune, inéluctable et terrible, leur sereine et farouche confiance en la vie.

* * * *

Il y avait cependant, pour la forêt, des jours d'effroyable angoisse. Ils revenaient après les grandes chaleurs, par les clairs matins d'automne. Rien ne les laissait présager au dehors, mais la conscience obscure qui veille au cœur des bêtes les étreignait douloureusement quand le cours des soleils et des lunes ramenait la saison terrible.

Tout était calme dans la forêt et les bêtes rôdaient par leurs invisibles chemins, quand, tout d'un coup, en amont ou en aval de la grande voie déserte et sombre qui va du Cusancin au Dessoubre, un son de trompe ou de corne éveillait, comme des génies malfaisants, les échos mystérieux qui sommeillent au creux des roches ou dorment aux plis des combes.

À ce signal trop bien connu, une frayeur sans nom s'emparait du taillis ; les cerfs brandissaient leurs andouillers menaçants, l'œil plein de feu ; les chevreuils et les biches dressaient l'oreille, prêts à la fuite ; les renards précipitamment regagnaient leurs terriers, les marcassins leurs bauges, et les grands loups eux-mêmes, seigneurs incontestés du domaine, tremblant sur leurs pattes inlassables et leurs jarrets de fer, rassemblaient au fond des halliers, près de leurs rudes femelles aux yeux jaunes, les portées trottantes et joyeuses des petits qui regardaient, inquiets subitement, les vieux mâles claquer des mâchoires, prêts à la mort pour défendre leur géniture en péril.

Les lièvres, tapis dès l'aurore, se boulaient dans leurs gîtes ; les grands corbeaux, rassemblés, échangeaient de cime en cime de brefs mots d'ordre mystérieux ; les bandes de geais se concertaient en piaulements, les agaces filaient à grands cris ; les grives et les merles, après quelques sifflements d'entente, se taisaient, tandis que les écureuils curieux, moins apeurés que surpris, grimpaient tout de même au faîte de leurs arbres et, dissimulés derrière des boucliers de feuilles, scrutaient attentivement leur horizon déserté qui s'alourdissait de silence.

Et bientôt le vent seul, le grand vent (dont les ondes, telles des vagues invisibles qui passent, courbent les têtes majestueuses des vétérans feuillus) disait et portait au loin la terreur de la grande cité forestière que la chasse du seigneur accompagné de ses valets et de ses chiens allait ravager de cris, de hurlements et de meurtres.

Chaque canton, à tour de rôle, payait à l'homme ce tribut redoutable.

Derrière le chevreuil ou le sanglier débuché, un jaillissement d'abois s'élevait, roulait, s'enflait, montait, grondait, passait en rafale, courbant et cassant les branches, éventrant le taillis, piétinant le sol.

Le martèlement des sabots, la respiration des chevaux faisaient, dans ce fauve concert, un sinistre bourdonnement de basse, tandis que les notes violentes des trompes et des cors et les hennissements des étalons, insultant aux mélodies du vent, scandaient la chevauchée sur un rythme infernal.

Malheur à celle-là qui avait son gîte ou son abri sur le passage de ce tourbillon vivant de hurlements et de haines !

Éventrée par les limiers, déchirée par les crocs de la meute, dévorée en quelques bouchées ou écrasée sous les pieds des chevaux pour être emportée par les valets, la bête, surprise, voyait la mort se dresser d'un seul coup devant elle sans qu'il lui fût possible d'engager la lutte ou d'espérer la fuite.

Aussi, quand la brise, soufflant des lointains, apportait aux réfugiés d'un canton tranquille les voix d'enfer de cet orchestre barbare, les grands corbeaux, pèlerins des hauteurs, et les vieux aigles suspendus dans la nue pouvaient voir, en indescriptible panique, toutes les bêtes, d'un même élan, fuir et disparaître devant la chasse comme des nuages affolés devant le vent de l'orage.

La terreur de l'homme survivait à ses incursions et, bien après la saison de chasse, quand il s'abstenait de toute invasion meurtrière, les bêtes le fuyaient encore et le haïssaient, et qu'il fût sire au riche manteau ou serf au sayon grossier, nulle, même les grands loups dont les mâchoires claquantes étaient pourtant de formidables défis, n'osait résister à sa marche envahissante et à la menace de son regard.

* * * *

Il était cependant un homme que les bêtes du Val des Hiboux et des cantons voisins avaient appris à ne point craindre.

Un mystère insondable enveloppait cet inconnu qui était comme tombé là un jour et y était demeuré. Nul ne l'avait vu venir.

Nomade ambulant par les sentiers des Gaules fixant enfin son errance, criminel sous le coup des lois d'une puissante cité fuyant le châtiment ou cherchant dans le silence et la solitude l'expiation, doux rêveur misanthrope, chrétien halluciné ou panthéiste fervent, nul ne savait, et ceux des villages qui ne connaissaient point son nom l'appelaient dans leur langage « Stuqui », qui veut dire « celui-ci ».

Il connaissait les plantes et il aimait les bêtes ; il vivait de racines et de fruits ; il n'avait besoin de rien.

Cependant, de temps à autre, comme pour ne point perdre tout contact avec ses semblables, on le voyait, quelque fût le temps, une espèce de besace à l'épaule, s'en aller vers un village et quémander des vivres.

Il allait calme et grand, il portait les cheveux longs comme un roi, il avait un regard étincelant et droit qui faisait baisser les yeux des vilains lorsqu'il s'arrêtait devant leurs seuils sans leur rien demander.

Tous lui donnaient.

C'était un enchanteur ou un saint. C'était un saint. C'était un saint, car depuis son arrivée dans les forêts, nulle bête n'avait péri dans les villages, aucun fléau, grêle, orage ou incendie, n'avait dévasté la contrée et tout prospérait aux alentours.

La main des dieux était sur cet homme et leur protection salutaire s'étendait sur le pays.

Une impression de bonté, de quiétude, de grandeur émanait de sa personne ; son regard exerçait une fascination surnaturelle : pas un gamin ne lui aurait jeté une pierre, les vieux et les vieilles inclinaient leurs fronts sur son passage.

C'était aux temps où la religion de Kristh était prêchée à Vesuntio (Besançon) par Ferréol et par Ferjeux, et on se racontait aux veillées, autour des grands brasiers des cheminées, les choses extraordinaires et merveilleuses accomplies par ces apôtres : on attendait leur parole, on espérait leurs envoyés.

En était-il, celui-là qu'on ne connaissait point, et qui était bon et qui était grand ?

Et les paysans penchaient lentement vers le culte nouveau tandis que les seigneurs issus de leurs rangs, peut-être en secret déjà convertis, gardaient encore, et jalousement semblait-il, pour les divinités gauloises assimilées aux mythologies romaines cette affection rituelle et ce culte de parade qui est l'indice des religions à leur déclin.

Stuqui s'était installé dans la grotte des Bougeottes à deux heures de marche du Val des Hiboux.

Sa retraite s'ouvrait dans l'impasse naturelle d'une combe, au bout d'un corridor de hêtres et de chênes, au cœur d'un immense rocher perdu dans les grands bois.

Ce rocher se dressait comme un donjon formidable sur le Mont Travers et semblait surveiller dans un silence majestueux, d'un côté l'immense cuve des combes que dessinaient au couchant les chaînons escarpés des crêts du Jura, vermeille chaque soir du bouillonnement du soleil, de l'autre menacer le hérissement formidable de fûts et de piques que les forêts dominantes massaient dans le soleil levant.

Une vaste clairière, taillée en plein cœur de la forêt par quelque faucheur surhumain, s'étendait derrière le roc de Gaudry : ainsi nommait-on ce donjon de pierre sabré d'éclairs, ce pic pelé comme un vieux crâne qui restait là quand même, menaçant et sauvage, impassible, battu des vents, lavé de pluie, fouetté de neige, ouaté de brume, nimbé d'aurore ou brûlé de soleil.

Les bêtes affectionnaient particulièrement cette éclaircie d'où l'on pouvait, sous l'égide protectrice de ce rêve de pierre, à l'abri des ramures épaisses, écouter et flairer de très loin les approches ennemies.

Elle avait vu, en effet, la clairière, entre les torses noueux de ses arbres, sous ses ogives de feuillage en été ou par les illuminations féeriques des clairs de lune d'hiver, les jeux et les batailles d'amour de presque toute la gent de la forêt : des lièvres vaillants et hardis, des goupils oublieux de la prudence, des cerfs dédaigneux de l'homme.

Or Celui qui était venu parmi eux était resté immobile et muet devant les grands animaux ; il avait jeté du pain aux oiseaux qui sont le moins méfiants et donné des noisettes aux écureuils qui sont naturellement curieux, et les saisons avaient passé, et les jours étaient venus peu à peu où les bêtes de la clairière et du canton et les voyageuses égarées n'avaient plus suivi sa démarche d'un œil inquiet et d'un pied frémissant.

Stuqui ne parlait jamais aux bêtes ; il n'avait rien à leur confier sinon qu'il ne leur voulait pas de mal et qu'il les aimait, et cela, ses yeux bons, son regard limpide, son front calme, la lenteur grave et noble de ses gestes le disaient surabondamment.

Qu'aurait-il pu, dans le misérable langage des hommes, qu'il savait parler sans doute, leur dire de meilleur et de plus utile ? De se méfier des autres humains, elles le savaient ; les prévenir de leur présence, elles l'éventaient mieux que lui et de plus loin : Tiécelin et sa horde ne veillaient-ils pas aux lisières et le croassement d'alarme faisait dresser les oreilles et palpiter les narines au moindre indice dangereux.

Ils se comprenaient et s'aimaient.

* * * *

Or, cette année-là, que rien ne fixe dans les temps, avait été une année de grandes pluies : la terre, mouillée, détrempée, imbibée comme une éponge grasse, conservait, marâtre, pour les dénoncer aux ennemis, les traces des bêtes.

Les saisons avaient été désastreuses, les couvées n'avaient point réussi, les nichées avaient péri, et, dans les portées décimées, les quelques sujets plus vigoureux qui avaient résisté restaient malgré tout malingres et chétifs.

La forêt était en deuil et se dénudait. Les vents qui passaient en rafales, telles des hordes dévastatrices, harcelant durement les ramures, déchiquetant avant l'heure les frondaisons, ne parvenaient point à sécher le terreau noirâtre des sous-bois refroidis.

Une odeur de décomposition végétale, subtile et forte comme une immense vague de fond, se dégageait lentement de la glèbe, se répandait par degrés, montait, envahissait, submergeait peu à peu tout le grand continent forestier. Et c'était comme une main mystérieuse et fantômale qui venait peser lourdement sur les vies suspendues des végétations pourrissantes, sur les âmes désemparées des bêtes pour annoncer la mort prochaine de l'année et la venue des temps maudits !

Et les bêtes étaient inquiètes.

Elles venaient à leurs heures respectives, plus souvent encore que d'habitude, à la clairière de Stuqui et le regardaient obstinément comme si elles eussent voulu demander au solitaire, qui était de la race méchante et maudite, une efficace protection contre ceux de sa gent.

C'était l'époque, l'époque terrible des grandes incursions humaines, des chasses féroces, des bacchanals déchaînés, des boucheries sanglantes qui, selon les lunes, revenaient à intervalles à peu près égaux, pour annoncer la mort de ceux qui seraient poursuivis et faire goûter plus âprement aux survivants la joie de vivre.

La forêt, en proie aux pluies d'automne, était sombre et triste.

Les rameaux, dépouillés, décharnés, imploraient la clémence du ciel ; les massifs, comme des vieillards, perdaient leur chevelure de feuilles, les arbres grelottaient sous leurs tuniques d'écorce et leurs mantelets de mousse et les vieux géants, qui étaient morts par degrés, lentement, comme un grand cœur se vide, les longs cadavres secs qui restaient là debout par la volonté de notre mère la Terre pour narguer quand même le Destin, tombaient maintenant soit d'un seul coup, couchés par la poigne formidable des bises, soit par lambeaux, ainsi que sous les attaques d'une invisible cognée, ou encore se dissolvaient, fondaient en une cendre impalpable comme si des cancers profonds eussent rongé partout et simultanément ce qui restait de leurs dures carcasses vides de moelle.

La chasse du seigneur avait passé la veille au lever du soleil : les trompes et les cornes avaient soufflé leur chant d'épouvante, et les dieux mauvais de la forêt, joyeusement réveillés de leur sommeil de pierre, avaient répété de tous côtés et à l'infini l'appel farouche ; puis, au galop de la meute qui les menait, le flux des bêtes du canton du Val des Hiboux avait passé en rafale devant la clairière de Gaudry, déserte et silencieuse comme une nécropole abandonnée.

Bientôt, cependant, l'imminence du péril faisait se disloquer la grande harde, les bêtes les plus faibles se dérobant peu à peu, au hasard des inspirations, mettant à profit une éclaircie, une saute de vent pour, selon les ruses millénaires de la race ou leur personnelle expérience, fuir à toute vitesse dans une direction différente, ou mieux encore embrouiller leurs traces afin de trouver le temps de se gîter un peu plus loin aux alentours.

Le bacchanal avait passé comme la tempête, poursuivant les vieux loups de tête et les grands cerfs dix cors qui filaient droit devant eux, et nul des échappés ne savait ce qu'il était advenu de cette chasse qui se perdit dans l'horizon.

Mais le soir, avec la venue des ténèbres, les fourrés avaient frémi, des pas légers comme des glissements avaient passé, des frôlements avaient couru, de larges prunelles dans l'ombre s'étaient allumées comme des étoiles et toutes avaient pèleriné en silence vers la clairière de Gaudry, car, après la grande chasse de l'homme, il y avait trêve dans la forêt, et les bêtes, elles, ne chassaient point. Les cerfs et les chevreuils, ivres d'espace et de fuite, passaient sans les tondre à côté des feuilles de ronces, les lièvres n'osaient s'aventurer en plaine, les sangliers grognaient de colère sans trop savoir pourquoi, les loups en oubliaient leur faim. Une terreur commune, pesant sur tous, en faisait des alliés momentanés ; la fièvre de la peur avait nourri tout le monde, et, dans chaque tribu, les familles dispersées, se rappelant par le cri convenu, cherchaient à évoquer au fond de leur mémoire, pleine de brume et de tumulte, les images de ceux qu'elles ne retrouvaient point au rendez-vous.

Le cimeterre étroit et pâle de la jeune lune rentrait au couchant dans une gaine indistincte de brouillards : la paix allait régner sur la forêt, la paix que le soleil ébranle et que la lune pleine trouble aussi quand sa lumière équivoque vient brouiller, aux heures crépusculaires, les mystérieuses frontières du jour et de la nuit.

Une grande frayeur cependant étreignait encore toute la forêt. Le vent s'était levé et sa protestation mugissante courait de chêne en chêne, ébranlant le cœur profond des sombres vétérans qui se mettaient à bramer de toutes les voix de leurs branches et hurlaient à l'envi contre l'injure et la méchanceté de l'homme.

La nuit se tassait.

La clairière, pleine d'yeux, semblait un parterre de fleurs d'or portées par des tiges invisibles. L'odeur de la terre mouillée parlait de deuil et de mort.

Un vieux loup soudain hurla. Il manquait un de ses petits, disparu dans la rafale du matin, et tous comprirent.

Stuqui, à genoux, prosterné sous la nuit, avait l'air d'adjurer le chêne géant campé au bout de la clairière, dont la sombre masse et l'ombre lourde, barrant le ciel étoilé, semblait se dresser comme une protestation formidable des dieux morts contre les dieux triomphants.

Tout autour de l'homme, immobiles, silencieuses, lourdes d'une émotion écrasante, les bêtes, subjuguées, attendaient, attendaient quelque chose qui ne venait pas.

Une angoisse plus lourde encore les étreignit : elles flairèrent le malheur, elles éventèrent la mort.

Le lendemain, en effet, contrairement aux prévisions habituelles, la trompe retentit parmi les bois du levant, et ceux de Gaudry, mussés dans leurs repaires, purent entendre au large, dans le vent propice, monter et baisser les rauques appels des cavaliers, les hennissements des étalons et suivre de l'oreille, au loin, les abois ondoyants et multiples, âpres, aigus ou assourdis et soutenus et prolongés, des meutes frais découplées ravageant tout sur leur passage.

Et ce fut du côté des étangs du vent de bise que souffla le lendemain le chant de mort ; et à l'aube qui suivit, les trompes cruelles déchirèrent le silence matinal dans les rochers du midi.

Et chaque jour maintenant, la horde envahissante des Grands Barbares (chasseurs et chiens), venue d'un point nouveau de l'horizon pathétique, traversait le canton de Gaudry, transperçait, taraudait en tous sens les fourrés et semait l'épouvante et l'horreur parmi les halliers touffus et les taillis inviolés de ce grand repaire sauvage.

Maintenant, tous les soirs, à la clairière fatidique, les bêtes survivantes se réunissaient, silencieuses, efflanquées, fiévreuses.

Elles ne se lamentaient plus, mais se contentaient de regarder de leurs prunelles profondes, élargies d'épouvante et embuées d'étonnement, leur ami muet, le solitaire qui pleurait et priait au centre de cette chapelle de feuillage, sous les piliers vivants et noueux des grands chênes dont les rameaux, ainsi que des bras multiples, se tordaient de désespoir et de rage aux lamentations mugissantes du vent.

Depuis longtemps, Stuqui n'avait pas revu les humains ; mais un jour, à l'heure sinistre où les fanfares sonnaient dans son canton leur aubade de meurtre et de sang, il s'était résigné à descendre vers les villages.

Selon son habitude, il n'avait pas proféré une parole, mais la limpidité coutumière de son œil troublé de flammes d'inquiétude et d'éclairs d'orage interrogeait les paysans.

Ils avaient dit : « C'est un puissant seigneur de très loin, des pays de bise et de neige, qui est venu en ambassade et à qui l'on donne des fêtes ; il aime la chasse passionnément, aussi tous les jours nos sires rassemblent leurs meutes et leurs équipages et le guident à travers nos bois ».

Stuqui savait maintenant que le comte Hubert chassait dans le pays, qu'il chasserait le lendemain et encore à l'aube suivante, et que les bêtes, ses compagnes et ses amies, seraient pour de longs et terribles jours vouées aux embûches, aux traques éperdues, aux fuites désespérées, à la souffrance et à la mort. Et il pleura.

Toute la forêt était agitée du frisson de la fièvre : les bêtes, au moindre bruit, frissonnaient, s'affolaient et fuyaient ; tous les soirs, à l'heure du rendez-vous dans la clairière, il en manquait de nouvelles : presque tous les petits étaient morts, tués par les traits des humains, écrasés par les chevaux, déchiquetés par les chiens ou épuisés par la fatigue et par la maladie. Les nuits semblaient courtes, les instants fuyaient, rongés par la hantise de la lumière ; tous et toutes dans les halliers, en proie à de courts sommeils hallucinés, appréhendaient l'heure blanche où le couvercle des ténèbres semble, à l'aurore, se dévisser de l'horizon ; le temps n'existait plus.

Les grandes forces semblaient maléfiques et hostiles. La lune, maintenant pleine et ronde, chassait les nuages du ciel, abolissait la nuit et perpétuait la terreur.

Les pluies avaient cessé. Le soleil, à chaque aurore, se levait plus éclatant dans un ciel épuré. De la terre transie par la nuit, rôdant à ras du sol, des buées froides montaient qu'il buvait avec les rosées blanches et peu à peu les feuilles mortes s'essuyaient dans les taillis.

La terreur et la mort régnaient.

* * * *

Ce matin-là, comme le soleil dardait ses premières flèches sur le roc pelé de Gaudry, l'appel des trompes et des cornes résonna dans la grande cuve du couchant et les aboiements joyeux des chiens se mordillant et s'excitant pour la chasse firent frémir toutes les bêtes de la futaie.

C'était de là qu'aujourd'hui les Grands Ennemis allaient prendre leur élan, les faire toutes lever dans le tumulte et l'effroi et, dans leur sillage, s'élancer, dévoreurs farouches de l'espace, pour conduire quelques-unes d'entre elles jusqu'à l'épuisement et à la mort.

Derrière les grands chiens découplés qui donnèrent bientôt de la voix, des bordées d'abois ne tardèrent point à s'élever, rauques d'abord et hésitantes, puis plus accentuées, franches, régulières, éclatantes dans la salve du lancer, et bientôt ce fut la fanfare effroyable de cent gueules hurlantes dans laquelle, de temps à autre, se détachait le jappement plus puissant et plus mâle d'un conducteur de bande ou l'appel sifflant d'un piqueur.

Le taillis vierge qui hérissait ses rets épineux pour barrer le passage et défendre son mystère fut haché par cette foule en délire, battu, foulé, piétiné, taraudé, déchiqueté, tandis qu'une harde de cerfs, découverte, filait dans le vent à une allure désespérée.

Tout tremblait dans leur sillage. La terre, battue, martelée, semblait grommeler sous leurs pas ; les branches, en vain, giflaient les intrus, les épines les mordaient, les clématites faisaient trébucher les chevaux et rouler les chiens, les ronces vengeresses fouettaient, un à un, de leurs dards aigus les cavaliers, mais rien n'arrêta la charge infernale, le furibond élan de mort et, derrière le trajet suivi qu'indiquait une large trouée, tout redevint silencieux, cependant que, là-bas, dans les cantons étrangers, les trois grandes bêtes traquées, bientôt seules poursuivies, menaient au loin la meute enragée.

Une anxiété profonde étreignit bientôt les autres bêtes qui avaient pu se dérober une à une de la colonne fuyante, renards et lièvres, sangliers et loups et du fond de leurs gîtes ou de leurs repaires, écoutaient le bourdon sinistre de la chasse s'enfler et décroître pour gronder plus fort et s'amplifier par degrés dans le retour au canton du lancer.

De nouveau, en effet, grandit l'immense fleuve tumultueux roulant ses ondes de cris, ses cascades d'abois, son écume de chants de cornes et de trompes. Et dans un éblouissement de vitesse, de lumière et de sons, le formidable cortège repassa par le pays, traçant un nouveau et large sillon dévastateur pour disparaître aussitôt, ravageant et dénudant derrière lui la croupe verte et jaune d'un coteau buissonneux aussi rapidement que si l'éclair rouge de l'orage l'eût lui-même tondue un soir de juin d'un de ses flamboyants coups de cisailles.

Cela dura un temps que nul n'a mesuré et de nouveau le bacchanal revint, plus rauque, plus ample et plus terrible.

Les trois bêtes poursuivies apparurent, haletantes, fumantes, splendides de peur et d'énergie, tout entières crispées dans un vertige de fuite ; mais subitement le faon épuisé, les pattes raidies, s'arrêta. Le cerf et la biche se retournèrent pour l'encourager à la lutte et l'exhorter à la fuite, mais c'était bien fini : le jeune animal, moins résistant que les deux autres, fourbu, avait donné tout son effort ; ses articulations gonflées refusèrent tout service, ses pattes restèrent figées au sol. Il exhala une plainte désespérée et le vieux couple, revenu sur ses pas, tout près de lui, se mit à bramer sinistrement lui aussi.

À ce triple appel de détresse, Stuqui, dans sa grotte, comprit que les temps étaient proches, et gravissant le ravin de son rocher, la croix de bois de la main droite et les yeux au ciel, il apparut au seuil de la clairière.

Les regards des trois bêtes traquées imploraient l'homme accouru, tandis que la meute inlassable se rapprochait d'instant en instant. Le cerf et la biche semblèrent prendre le solitaire à témoin de leur impuissance et commettre à sa garde la jeune bête épuisée, puis, affolés eux-mêmes devant l'imminence du péril, se renfoncèrent de nouveau, en un vertigineux élan, parmi les profondeurs du taillis.

Une fanfare effroyable d'abois sonnait à pleine gorge dans la combe prochaine. Le faon, affolé, stupide, les yeux dilatés et troubles, restait là, les jambes raidies, fixes, comme vissées au sol, agité de tremblements, appuyé à l'ermite qui, près de lui dressé, farouche et grand, les lèvres balbutiantes, une main sur le col douloureux de la bête, dressait toujours de l'autre sa croix de bois vers le ciel bleu.

Soudain, dans un éblouissement de soleil, la chasse parut, formidable, hérissée, frénétique, toute la meute d'abord, puis la chevauchée derrière dans des rutilements d'étoffes et des éclairs de métal avec les sires, les piqueurs et les valets.

Et la meute, affamée, ivre de vitesse et de bruit, assoiffée de sang, se rua de tout son élan sur le groupe immobile que formaient l'homme et la bête.

Tous deux sous le choc furent culbutés, piétinés, meurtris, puis les crocs et les griffes indistinctement s'enfoncèrent dans les chairs vivantes et Stuqui, comme éveillé d'un songe, violent et sauvage, frappa hardiment à grands coups de sa croix de bois avec des gestes si terribles et des regards si furibonds que les bêtes méchantes qui étranglaient le faon reculèrent, hurlantes de douleur et d'effroi, quelques-unes si rudement refoulées qu'elles s'en vinrent rouler jusque sous les pieds des chevaux.

Sur leurs montures hennissantes, aux naseaux blancs d'écume, les sires, eux aussi, ivres du vertige de la vitesse et du désir de la mort, arrivaient enfin à la clairière et ils virent avec étonnement, entre les groupes hurlants, cet homme demi-nu qui, sans merci, frappait leurs chiens à côté de la proie éventrée, du faon dont les yeux grands ouverts ruisselaient des larmes de la mort.

– Que veut ce voleur ? trancha la voix méchante et courroucée de l'un d'eux. Qu'on l'attache et qu'on le fouette et qu'on le pende haut et court à la maîtresse branche de ce chêne.

En même temps sa lourde cravache levée s'abattit sifflante sur le visage mordu et ensanglanté de Stuqui.

Digne et sévère et sans un mot, le solitaire baisa les naseaux du faon mort, redressa sa haute taille et, de son œil royal, regarda les groupes ennemis.

Sa croix était restée à terre, il la ramassa en silence, puis, de son même pas grave et lent, le regard plus sombre et plus attristé que jamais, il retraversa la clairière devant les hommes et les chiens sans qu'aucun parmi les valets, malgré l'ordre jeté par le maître tout-puissant, osât porter la main sur lui.

Cependant les piqueurs, ayant écarté les bêtes dévorantes, emportèrent au loin, en sonnant de la trompe, le butin de leur chasse, et le silence, par degrés revenant, sembla panser encore une fois la forêt meurtrie.

* * * *

Le soir tombait majestueux et lent. Le disque rouge du soleil empourprait les nuages légers du couchant. La cuve que dessinaient les collines semblait pleine de sang ; le silence de la vesprée paraissait se dissoudre dans l'onde bourdonnante du crépuscule et de nouveau l'angoisse, une angoisse plus affolante parce qu'on ne lui trouvait point de cause, dardait ses flèches au cœur des bêtes.

L'ermite était remonté à la clairière : sa main droite tenait toujours la croix rustique nouée d'herbes et de lianes qui, le matin, avait été impuissante, et les lèvres de l'homme murmuraient quelque chose qui eût pu se traduire ainsi :

« J'ai manqué de foi, Seigneur, et le petit est mort, et que vais-je répondre au cerf et à la biche quand ils viendront me réclamer celui qu'ils avaient commis à ma garde ? Père tout-puissant, je crois en Toi, et je t'implore, car il est écrit que je dois vaincre par Toi et que je triompherai en ton nom ! »

Les yeux de l'homme flamboyaient dans sa face décharnée d'ascète aux cheveux longs.

Il faisait chaud, il faisait lourd ; le vent du sud, subtil et léger, se faufilait par les coulées de branches, triste et monotone. L'obscurité graduellement s'épaississait. Et, une à une, parurent les bêtes du canton qui vinrent s'asseoir à leurs places accoutumées entre les buissons, au pied des grands arbres de la clairière.

Dans le lointain on entendit le bramement d'appel du grand cerf et de la biche réclamant leur faon. Les yeux des bêtes s'agrandirent et brillèrent d'un éclat plus intense et ceux de l'homme s'emplirent de pleurs.

Toutes les bêtes le regardaient.

Au loin, vers les étangs, justifiant leur angoisse secrète, un soudain son de trompe troua le silence : l'homme chasserait au clair de lune.

Les yeux des bêtes s'allumèrent de terreur, leurs pattes frémirent, des échines se cintrèrent, des jarrets de ramassèrent : il fallait fuir, fuir encore, fuir toujours. Plus de trêve, plus de repos, plus de sommeil ! Mais le solitaire leva sa croix de bois et redressa son torse incliné : son regard étincelait d'une foi farouche et d'une volonté indomptable, et toutes, dominées par ce pouvoir surnaturel, hypnotisées par cette foi, restèrent immobiles et figées aux places qu'elles étaient venues occuper.

La lune mauvaise n'était pas levée encore et la nuit avait l'air de se draper plus lourdement dans ses voiles.

Au milieu d'un profond silence, le couple chassé le matin apparut entre deux massifs, fouillant la clairière de ses yeux affolés, demandant vainement à tous les coins d'ombre son petit dévoré le matin.

Un mugissement gronda dans la poitrine du vieux mâle ; mais devant l'attitude de l'homme et la gravité des bêtes, les plaintes moururent au fond de leurs gorges et seuls pleurèrent leurs grands yeux profonds, beaux de toute la douleur animale.

Stuqui tomba à genoux, la croix brandie.

En face de lui, au fond de l'éclaircie, le grand chêne cente-naire dressait sa masse imposante et sombre, et le geste du soli-taire, adjurant le ciel, semblait du même coup supplier cette ter-rible divinité gauloise, formidable et sereine.

Les loups et les chevreuils, les sangliers et les cerfs, les gou-pils et les lièvres restaient là, muets, fixant intensément leur hori-zon de ténèbre et scrutant de l'oreille, sans y paraître sensibles, l'espace déjà plein des bruits de la meute lointaine.

Alors, sans qu'on sût pourquoi, tout d'un coup, au milieu de la nuit dense et des ténèbres lourdes, on vit le grand chêne s'il-luminer : une corde de feu, un câble de lumière germé de la terre, accrochait son pied, enlaçait son tronc noueux et grimpait et bondissait de branche en branche jusqu'à la cime chenue qu'elle dépassait pour désigner le ciel plein d'étoiles. Peu à peu la lueur émanée devenait plus intense ; le baudrier de feu ceignant ce torse de colosse s'embrasait encore, des rejets de flamme en jail-lissaient de part et d'autre, s'entremêlaient, s'enlaçaient et tout le chêne, ceint de clarté, flamboya dans la nuit comme une torche ardente et muette et qui ne se consumait point.

Une émotion immense, une transe surnaturelle étreignirent les bêtes et le solitaire : Dieu l'écoutait, Dieu l'exauçait. Une con-fiance invincible et muette le riva à toutes celles qui l'entouraient.

Un souffle chaud embrasait la clairière ; quelque chose de profond, de mystérieux, de plus grand que le monde pesait sur tous. De l'inconnu surnaturel et divin se brassait là, se pétrissait de toutes ces fois réunies : des chemins de vérité allaient s'ouvrir et rien d'autre au monde ne comptait plus.

Le grand chêne païen qui barrait le ciel semblait se réconcilier avec Dieu. Et là-bas la meute, ignorante, grondait et se rapprochait, et les hurlements devenaient plus distincts, et elle courait droit à la clairière.

La biche vint s'appuyer à l'homme, et le grand cerf, lui, marcha vers le chêne. Quelque chose de plus fort que sa volonté, de plus fort que la crainte de la meute, de plus fort que tout le poussait, le menait vers cet inconnu qu'il sentait bienfaisant.

Comme s'il eût accompli un rite, il s'arrêta bientôt et sa tête et ses grandes cornes brûlantes s'inclinèrent devant le tronc antique où flamboyait Dieu. Alors il sentit quelque chose se détacher de l'arbre et se fixer dans sa ramure. Il comprit qu'une œuvre obscure et grande se réalisait, et lentement il se redressa.

Une croix rustique de clématite pourrie phosphorait parmi ses cornes. Il lui sembla que ce fardeau léger était un monde, il perçut en lui une force invincible et se retourna.

Toutes les bêtes dardaient sur la croix de feu leurs yeux ardents, aucune n'avait l'air d'entendre les hurlements infernaux des meutes approchantes suivant la piste de l'une d'elles.

Le solitaire se tourna de côté, sa croix sombre toujours brandie vers le ciel, tandis que son doigt désignait le grand chêne et le cerf miraculeux, et la biche près de lui se tint, elle aussi, immobile, fixant son mâle illuminé. Un silence religieux pesa sur la clairière. Le blasphème de la chasse emplissait le ravin de la cabane.

Pas une bête ne bougeait.

Comme une rafale de tempête ou un sabbat de damnés, l'aboi formidable et menaçant reprenait, gonflait, grondait, emplissait la nuit et le silence.

Et les chiens de tête, les grands molasses aux crocs terribles, aux pattes d'acier, arrivèrent, et leur élan irrésistible s'écrasa là, tout d'un coup, tandis que les derniers poussaient encore ceux qui étaient devant eux, qui s'affaissaient en silence au fur et à mesure qu'ils arrivaient sur les premiers.

Ainsi la chasse se tut.

Et les chevaux par derrière apparurent et se cabrèrent, et les valets et les piqueurs qui les montaient tombèrent sans souffle, la poitrine et la tête sur le col de leurs montures.

Et le comte Hubert enfin émergea du ravin profond.

Ses yeux, flamboyants de passion sauvage, virent le chêne de feu devant lequel le grand cerf miraculeux, debout, immobile, érigeait lui aussi la croix de feu. Il vit les yeux des bêtes qui flamboyaient et formaient d'un bout à l'autre de la clairière une double haie lumineuse et vivante d'étoiles de foi, et cette biche immobile et cet homme maigre et grand qu'il avait insulté le matin.

Son regard un instant erra de la croix de lumière de la bête à la croix de ténèbre de l'homme. Il sentit dans sa poitrine un embrasement, son cœur flamboya comme une torche ; quelque chose de plus violent que sa volonté de barbare l'étreignait sur son étalon cabré, derrière ses chiens affaissés et ses piqueurs muets.

Il sauta à terre, bondit par-dessus la meute et, entre la biche immobile et l'homme sombre, devant la nature et devant la croix, il tomba à genoux, la face prosternée, criant de toute sa foi neuve, sauvage et vivace :

– Seigneur ! Seigneur ! Seigneur, je crois en Toi !

* * * *

Ainsi finit l'histoire du miracle de saint Hubert telle qu'il m'a plu de la rêver dans un décor cher et familier et telle que j'aimerais qu'on la racontât, quelque soir d'hiver, dans mon pays.

FIN